Romance com Cocaína
Memórias de um Doente

Musa
Ficção
Série Romance Russo
volume 1

Dados Internacionais de Catalogação na Publicação (CIP)
(Câmara Brasileira do Livro, SP, Brasil)

M. Aguéiev, M., 1866-1941.
    Romance com cocaína : memórias de um doente / M. Aguéiev ; tradução Klara Gouriánova. -- São Paulo : Musa Editora, 2003. -- (Musa Ficção ; 1)

    Título original : Pomah c kokauhom

    1. Cocaína - Vício 2. Drogas - Abuso 3. Juventude - Conduta de vida 4. Romance russo 5. Toxicômanos I. Título. II. Série.

03-2076   CDD-891.73

Índices para catálogo sistemático:

1. Romances : Literatura russa   891.73

M. Aguéiev

Romance com Cocaína
Memórias de um Doente

Tradução Klara Gouriánova

Título original: Pomah c kokauhom

Capa: Raquel Matsushita
Revisão: *Musa Editora*
Editoração eletrônica: *Nelson Canabarro*
Fotolito: *Laserprint*

©Klara Gouriánova, 2003.

Todos os direitos reservados.

Musa Editora Ltda.
Rua Cardoso de Almeida, 2025
01251-001 São Paulo SP

Tel. & fax:0xx11 3862 2586
3871 5580
musaeditora@uol.com.br

Impresso no Brasil • 2003 • (1ª ed.)

Sumário

M. Aguéiv
Mistério em cinco atos .... *VII*

Colégio *15*
Sônia *75*
Cocaína *127*
Pensamentos *167*

M. Aguéiev

Mistério em cinco atos

I

Nos anos 1930, um desconhecido emigrante e escritor, M. Aguéiev, enviou um manuscrito de Constantinopla a Paris. Em 1934 o *Romance com Cocaína* apareceu em diversas revistas de emigrados russos e foi comentado por eminentes escritores e críticos literários: G. Adamovitch, P. Pilski, D. Merejkovski, V. Khodassévitch.

No jornal *Segódnia* (editado em Riga), P. Pilski faz a pergunta *Quem é Aguéiev?* e responde-a ele mesmo: *...há alguns meses, recebi uma carta de Aguéiev, ...ele mora em Constantinopla, sua assinatura* Aguéiev *é pseudônimo*. Ao mesmo tempo, um outro colaborador do jornal, o escritor Gueórgui Ivanov, com a ajuda da poetisa Lídia Tchervínskaia, que se dirigia a Constantinopla, ficou sabendo quem se escondia atrás desse pseudônimo. Mas na época nenhum deles cita o nome de *M. Levi*.

II

Nos anos 1980, depois de editado em francês, na tradução de Lídia Schveitzer, o *Romance com Cocaína* ganha o verdadeiro reconhecimento mundial. Lídia Tchervínskaia, já em idade bem avançada, menciona Marco Levi, como o verdadeiro autor do romance que se escondia sob o pseudônimo de *Aguéiev*. Segundo L. Tchervínskaia, M. Levi foi parar em Constantinopla no começo da década de 1930, quando fugiu da URSS. Mais tarde ele voltou para a União Soviética. Quase ninguém levou a sério esta versão.

III

Mais tarde, no *Boletim do movimento cristão russo,* Nikita Struve, no polêmico artigo *Sobre a solução de um mistério literário,* afirma que *Aguéiev é um imitador supergenial de Nabókov que conhecia de antemão toda a obra dele, que é seu perfeito* alter ego, *isto é, o próprio Nabókov que nos habituou aos pseudônimos e às mistificações.* Algumas pessoas participam da polêmica, inclusive a viúva de Nabókov: *Meu marido, Vladimir Nabókov, não escreveu* Romance com cocaína *na revista* Tchisla, *nunca usou o pseudônimo* M. Aguéiev… *Nunca esteve em Moscou, nunca em sua vida tocou em cocaína (ou outro narcótico qualquer), e, diferentemente de Aguéiev, escrevia numa magnífica, pura e correta língua russa falada em Petersburgo…*

Todos os dados sobre Marco Levi, comunicados por L. Tchervínskaia e V. Ianóvski, o primeiro editor do romance, eram tão lendários e fantásticos, que a versão de Nikita Struve parecia ser bastante convincente, tanto mais que ele era um

M. Aguéiev

prestigioso *russista*, professor da Universidade de Paris, editor da obra de O. Mandelschtam, de A. Soljenítzin, etc.

IV

No dia 15 de novembro de 1991, na redação do jornal *Rússkaia Misl (O pensamento russo)* reboou uma trovoada num céu azul. O jornalista e bibliógrafo Serguiei Dediúlin, sob o título *A autoria definitivamente estabelecida* deu a seguinte notícia: *Segundo comunicado de Moscou, finalmente foi achada a resposta para quem é o verdadeiro autor do misterioso* Romance com cocaína, *editado pela primeira vez em Paris e nos últimos anos, quando reeditado em russo e traduzido para muitos idiomas, provocou um grande interesse. Quem se esconde sob o pseudônimo de* M. Aguéiev – Vladimir Nabókov *ou* Marco Levi? – nesta discussão quebraram suas lanças muitos especialistas em literatura russa.

A pesquisadora moscovita Marina Sorókina verificou nos arquivos de Moscou a hipótese de Gabriel Superfin (ver o artigo de N. Struve na edição da *Khudójestvennaia Literatura*, 1990, p. 205 sobre a autoria de Nabókov). Esta hipótese confirmou-se. G. Superfin supusera que no romance esteja descrito o Colégio particular de R. Kréiman. M. Sorókina havia descoberto documentos, nos arquivos do colégio, nos quais, entre os formandos do ano de 1916, junto com o nome de Mark Lazarevitch Levi encontram-se quase todos os nomes dados aos personagens do *Romance com cocaína*.

Seria definitiva a descoberta?

V

O artigo detalhado que fora prometido, apresentando os dados achados por M. Sorókina seguindo as instruções de G. Superfin, foi publicado em 1994, no almanaque histórico *Minúvcheie* n° 16, sob o título *Havia um escritor chamado Aguéiev* ... M. Sorókina e G. Superfin mostraram de uma maneira convincente que o problema da autoria do *Romance com cocaína* estava basicamente resolvido. *Quando comunicamos em* Russkaia misl *sobre o primeiro achado, não podíamos supor, na realidade, que o crescimento do volume dos documentos biográficos ia complicar a reconstituição da biografia de Mark Levi, tanto que, até hoje, apenas alguns fatos da vida dele podem ser considerados esclarecidos.*

Pois bem: ...*Mark Lazarevitch (Liudvigovitch) Levi nasceu no dia 28 de julho de 1898, na família de um mercador da 1ª guilda (...) Em agosto de 1912 Mark Levi ingressou no colégio Kréiman e lá estudou até maio de 1916. Logo depois, em junho de 1916 foi batizado pelo pastor Briuchveiler na igreja evangélica reformadora de Moscou. (..) Durante o período da Nova Política Econômica, a partir de ano 1923 aproximadamente, M.Levi, segundo os relatos dele mesmo, trabalhou como intérprete em ARCOS, organização da GPU de fama escandalosa. A documentação do pessoal da ARCOS, inclusive dos contínuos e das faxineiras, conservou-se bastante bem, mas, não achamos nenhum sinal de M. Levi. Pode-se considerar como fato incontestável unicamente sua partida para Alemanha no limite dos anos 1924-25. O que fazia M. Levi na Alemanha?*

Uma referência do Cônsul Geral da URSS em Istambul, apresentada para o Comissariado Nacional de Assuntos Estrangeiros no dia 22 de abril de 1939, tem o seguinte texto:

M. Aguéiev

XI

"Ao se empregar no consórcio alemão *Eitingon Schild*, ele nunca mais voltou para a URSS, e, segundo ele, trocou seu passaporte soviético por um paraguaio.

Em 1930 ele abandonou a Alemanha e veio morar na Turquia, onde lecionava línguas e até se dedicava à atividade literária. O livro intitulado *Novela com cocaína* foi escrito por ele e editado pela *Casa do livro* de emigrantes em Paris.

Levi assinala que o livro é inofensivo, não contém uma só palavra dirigida contra a URSS, e que foi escrito forçosamente para ganhar a vida.

Das conversas que mantivemos, pode-se deduzir que Levi repensou e entendeu a gravidade do erro cometido, e tenta repará-lo vendendo literatura antifascista e edições soviéticas, trabalhando na firma *Hachette*. Nos últimos anos ele continua trabalhando nessa firma e mantém contatos de negócios com a Representação Comercial". [Soviética, *N. do T.*]

Em 1942, a polícia turca deportou Levi para a URSS como cidadão soviético, mas ninguém sabe quando ele adquiriu novamente o passaporte soviético.

Segundo a documentação publicada, isto correspondia a seu desejo de voltar à pátria, mas parecia estar ligado com o famoso caso Papen [Franz von Papen, *N. do T.*] — *tentativa de atentado contra o embaixador germânico na Turquia, e as autoridades turcas acusavam alguns cidadãos soviéticos da participação dela.*

Retornando à URSS, M. Levi instalou-se em Erevan, onde viveu todos os anos seguintes de sua vida. Lecionava alemão na cátedra de línguas estrangeiras da Academia de Ciências da Armênia. Dizem que, ao escrever sua tese sobre os verbos, rasgou-a — por ser desnecessária. Casou-se, levava uma vida bastante isolada, preferindo apenas o círculo familiar e poucos amigos. Viajava a Moscou pelo menos uma vez por ano, não se sabe para a casa de quem. Seus hobbies *eram a filmagem amadorística e a música. Fumava muito, colecionava baralho e gostava de repetir que tudo na vida deve ser experimentado. Faleceu em 5 de agosto de 1973, em Erevan, e foi enterrado lá mesmo...*

Pode-se concordar com os autores deste precioso artigo: *Romance com cocaína* não quer se separar de seus mistérios — o mistério da autoria transformou-se em mistério do autor, talvez ainda mais fascinante e emocionante.

COLÉGIO

1

Burkévitz recusou

Certa vez, no começo de outubro, eu, Vadím Máslennikov (com 15 anos naquela época), saindo cedo para o colégio, esqueci na sala de jantar o dinheiro do pagamento do primeiro semestre da escola, deixado lá na véspera pela minha mãe num envelope. Lembrei-me dele já em pé no bonde, quando, com o aumento da velocidade, a rápida aparição das acácias e das pontas da grade do bulevar nas janelas transformou-se num jato contínuo e o peso da mala nos ombros apertava cada vez mais minhas costas contra a barra cromada do vagão. Porém, o meu esquecimento não me preocupou nem um pouco. O pagamento poderia ser feito no dia seguinte e, em casa, não havia quem pudesse passar a mão no dinheiro; além da minha mãe, morava no apartamento há mais de vinte anos, apenas Stiepanida, minha antiga babá, agora criada,

16 *Romance com Cocaína*

cuja única fraqueza, ou talvez, até vício, era morder sementes de girassol e cochichar consigo mesma por falta de interlocutoras, levando longas conversas e até discussões, interrompendo-as de vez em quando com altas exclamações como *essa é boa!* ou *mas é claro!* ou ainda *pode esperar sentada!*. No colégio esqueci-me totalmente do caso do envelope. Naquele dia minhas lições não foram preparadas, o que não acontecia com freqüência, em absoluto, e tive de fazê-las, parte durante os recreios, parte até na presença do professor em classe, e esse estado fervoroso e tenso de atenção, no qual se aprende tudo com tanta facilidade (se bem que se esquece com a mesma facilidade um dia depois!) contribuía para tirar da memória tudo o que era alheio. Quando começou o intervalo mais prolongado e estávamos descendo para o pátio para aproveitar o tempo seco e ensolarado, embora frio, vi minha mãe no patamar inferior da escada e só então lembrei-me do envelope que ela, não se agüentando, deveria estar trazendo. Minha mãe permanecia afastada, solitária, vestida com sua peliça calva, seu capuz ridículo por cima dos cabelinhos grisalhos (ela já tinha completado cinqüenta e sete anos naquela época) e com visível inquietação, que acentuava ainda mais seu aspecto deplorável, perscrutava desamparadamente o bando de ginasianos, que corriam passando por ela; alguns voltavam a cabeça para ela, rindo e fazendo comentários com os outros. Chegando perto dela, eu queria esgueirar-me despercebido, mas ela me viu e, iluminando-se com um sorriso carinhoso, mas não alegre, chamou-me e eu me aproximei, apesar de sentir uma terrível vergonha perante os colegas.

— *Váditchka, filhinho* — disse com uma voz surda de velha, estendendo-me o envelope e tocando timidamente os botões do meu uniforme com sua mãozinha amarela, como se ela queimasse, — *você esqueceu o dinheiro, menino, e eu pensei: ele vai se assustar, então eu o trouxe.*

Ao dizer isso, ela olhou para mim como quem pede esmola, mas eu, furioso pelo opróbrio sofrido, repliquei, com um sussurro de ódio, que esses exageros de sentimentalismo não nos convêm e, já que ela não pôde esperar e trouxe o dinheiro, que pague ela mesma. Minha mãe ouviu-me quieta, silenciosa, baixando seus velhos e ternos olhos com ar de culpa e de pesar, e eu desci correndo a escada já vazia e, puxando a porta dura que sugou ruidosamente o ar, virei a cabeça e olhei para ela, não por sentir uma certa piedade por ela, mas por medo de que ela se pusesse a chorar num lugar tão impróprio. Minha mãe permaneceu no patamar, do mesmo jeito, a cabeça disforme, tristemente inclinada para o lado, seguindo-me com o olhar. Ao encontrar o meu, ela acenou a mão com o envelope como acenam na estação de trem, e esse gesto tão jovial e enérgico mostrou mais ainda como ela era velha, esfarrapada e lastimável.

No pátio, onde alguns colegas se aproximaram de mim, um deles perguntou que palhaço de saia era aquele com quem eu acabara de conversar, respondi, rindo alegremente, que era uma governanta empobrecida que me procurou trazendo uma carta de recomendação e que, se quisessem, eu a apresentaria a eles: não sem sucesso eles poderiam fazer-lhe a corte. Ao pronunciar isso, senti, não tanto pelas palavras que usei, mas pelas gargalhadas provocadas, que elas foram fortes demais até para mim e que eu não devia ter dito aquilo. E quando minha mãe, depois de ter feito o pagamento, saiu, sem olhar para ninguém, arqueando-se, como se quisesse diminuir mais ainda de tamanho, passou o mais rápido que pôde pelo caminho asfaltado até o portão batendo com seus saltos gastos, totalmente entortados, senti por ela uma dor no coração.

Porém essa dor que no primeiro instante me queimou tão forte não durou muito; sua desaparição bem nítida e, por conseguinte, minha total cura dessa dor, aconteceu como que em duas etapas: quando, voltando do colégio, entrei na sala e, indo para meu quarto, passei pelo estreito corredor de nosso pobre apartamento com forte cheiro de cozinha, a dor, apesar de ter cessado, não deixava de lembrar que existira uma hora antes; depois, quando fui para a sala de jantar, sentei-me à mesa e minha mãe sentou-se em frente, pondo a sopa nos pratos, a dor não apenas deixou de me incomodar, mas erame difícil de imaginar que em algum momento ela podia terme perturbado.

Bastou eu me sentir aliviado, inúmeras reflexões raivosas começaram a me agitar: que essa velha caduca precisa entender que me faz passar vexame com essas suas roupas; que não havia necessidade de se mandar para o colégio com aquele envelope; que ela me obrigou a mentir e que me privou da possibilidade de convidar os colegas para minha casa. Eu observava como ela tomava a sopa, como levantava a colher com a mão trêmula, derramando uma parte de volta ao prato, olhava para suas pequenas faces amarelas, para seu nariz cor de cenoura por causa da sopa quente, via como depois de cada colherada ela passava a língua esbranquiçada pelos lábios para tirar a gordura e eu a odiava profunda e intensamente. Sentindo que eu a observava, minha mãe levantou para mim seus desbotados olhos castanhos, meigos como sem-

M. Aguéiev

19

pre, largou a colher e, como se fosse forçada a dizer alguma coisa para justificar seu olhar, perguntou: — *Tá gotoso?* — como quem fala com um nenê e meneou sua cabecinha grisalha numa afirmação interrogativa. — *Tá gotoso*, — repeti, sem negar, nem afirmar, mas arremedando-a. Proferi esse *tá gotoso* com uma careta de nojo, como se estivesse a ponto de vomitar, e nossos olhares, o meu — frio, cheio de ódio, o dela — caloroso, acolhedor e afetuoso, encontraram-se e se uniram. Esse encontro prolongou-se e eu via claramente como seu olhar bondoso estava se apagando, tornando-se perplexo, depois amargurado, mas quanto mais evidente era a minha vitória, tanto menos perceptível e compreensível parecia aquele sentimento de ódio a uma criatura amorosa e velha, por força do qual essa vitória estava sendo conseguida. Talvez tenha sido por isso que eu não agüentei, fui o primeiro a baixar os olhos, peguei a colher e comecei a comer. E quando eu, resignado interiormente e querendo-lhe dizer alguma coisa insignificante, levantei novamente a cabeça, não consegui dizer nada e pulei da cadeira sem querer. A mão da minha mãe que segurava a colher com sopa estava deitada diretamente na toalha, na outra ela deitou a cabeça, apoiando o cotovelo na mesa. Seus lábios finos, entortando o rosto, subiam para a face. Das cavidades marrons dos olhos fechados que puxavam leques de rugas, corriam lágrimas. E havia tanto desamparo nessa sua velha cabecinha amarelada, tanta dor amarga sem rancor, tanta desesperança por causa dessa sua feia velhice rejeitada por todos, que eu, olhando-a com o rabo do olho, disse, simulando voz grossa: — *Bom, não fique assim, bom, pare, não há motivo nenhum —,* e já queria acrescentar : — *mãezinha* — e até talvez chegar perto e beijá-la, quando nesse mesmo instante, a babá, balançando-se numa perna de bota de feltro, empurrou com a outra a porta do lado do corredor e entrou com a travessa nas mãos. Não sei contra quem e para quê, mas, de repente, dei um forte soco no prato. A dor da mão cortada e as calças sujas de sopa confirmaram definitivamente que eu estava com razão, e a justeza disso foi vagamente reforçada pelo grito de susto da babá. Praguejei com ar ameaçador e fui para meu quarto.

Logo depois minha mãe vestiu-se, saiu não sei para onde e voltou no fim da tarde. Ao ouvir que seus passos se dirigiam da entrada para o meu quarto e quando ela tocou na porta, perguntando – *pode?* – lancei-me à escrivaninha abrindo às pressas um livro, sentei-me de costas para a porta e respondi com um indiferente *entre*. Passando indecisa pelo quarto, chegou ao meu lado e eu, fingindo estar absorto pelo livro, vi que ela ainda estava de casaco e com seu hilariante capuz preto. Tirando a mão de sob a lapela, colocou na mesa duas notas de cinco rublos amassadas, como se pudicamente elas quisessem diminuir de tamanho. Depois, passando sua mão torcida pela minha, disse baixinho: – *Me desculpe, filhinho. Você é bom. Eu sei.* Acariciou meu cabelo, pensou um pouco, como quem quer dizer algo mais, mas saiu na ponta dos pés, sem dizer nada, fechando a porta sem barulho.

2

Logo depois daquilo adoeci. Porém, meu primeiro grande susto foi confortado um pouco pelo bom humor prático do médico, cujo endereço escolhi ao acaso entre os anúncios de venereologistas que enchiam quase uma página inteira do jornal. Ao examinar-me, ele arregalou os olhos numa surpresa

M. Aguéiev   21

de respeito, exatamente como nosso professor de letras, quando ouvia boa resposta de um mau aluno. Depois, dando palmadas no meu ombro, acrescentou — não em tom de consolo que me deixaria aflito, mas em tom de tranqüila certeza de sua força: — *Não se desespere, jovem, consertaremos tudo em um mês.*

Lavou as mãos, escreveu as receitas, deu-me as devidas instruções e, olhando para o rublo, que, desajeitadamente, eu colocara torto e que por isso rodava tilintando cada vez com maior freqüência à medida que deitava na mesa de vidro, escarafunchou com gosto seu nariz, despediu-me, alertando, com um ar sombrio de preocupação que não combinava nada com ele, que a rapidez de minha cura e da cura em geral dependiam totalmente da pontualidade das consultas, e que o melhor seria visitá-lo diariamente.

Nos dias que se seguiram, verifiquei que essas visitas diárias não eram indispensáveis em absoluto, mas apenas um meio comum da parte do médico de fazer meu rublo tilintar mais vezes no seu gabinete; mesmo assim, eu ia lá diariamente, ia simplesmente porque me dava prazer. Havia algo naquele homem gordo de pernas curtas, na sua voz baixa e densa, como se ele tivesse acabado de comer uma coisa gostosa, nas dobras de seu gordo pescoço que lembravam pneus de bicicleta colocados um em cima do outro, nos seus pequenos olhos, alegres e ladinos e, em geral, na maneira de me tratar, havia algo de jactância com gracejo, de aprovação e ainda algo mais dificilmente perceptível, mas que me lisonjeava e agradava. Ele era o primeiro homem entrado em anos, portanto homem *adulto*, que me via e me entendia daquele ângulo, do qual eu queria me mostrar naquela época. E eu ia visitá-lo todos os dias, não por causa dele, não como médico,

22   *Romance com Cocaína*

mas como amigo, e no começo esperava até com impaciência a hora marcada, vestindo como para um baile um novo blusão, novas calças e sapatos rasos de verniz.

Naqueles dias, querendo criar para mim a reputação de um menino prodígio em erotismo, contei na classe que tipo de doença eu tive (disse que já tinha passado, quando na verdade o mal estava apenas no começo); foi naqueles dias – quando eu não tinha a menor dúvida de que revelando semelhante coisa eu ganharia bastante aos olhos dos colegas – eu cometi esse terrível erro, cuja conseqüência foi uma vida humana estropiada ou, talvez, a morte.

Passadas duas semanas, quando os sinais externos da doença enfraqueceram, mas eu sabia muito bem que ainda estava doente, saí para passear ou pegar um cineminha. Era noite, meados de novembro, essa época maravilhosa. A primeira neve fofa, como estilhaços de mármore em água azul, caía lentamente sobre Moscou. Os telhados das casas e os canteiros dos bulevares enfunaram-se como velas azuis. Os cascos não batiam, as rodas não faziam barulho e o sonoro retinir dos bondes numa cidade aquietada emocionava como na primavera. Numa pequena rua alcancei uma moça que ia à minha frente. Alcancei-a não porque quis, mas simplesmente porque caminhava mais depressa do que ela. Quando estava ultrapassando e contornando-a, caí, enterrando-me numa neve funda, ela virou a cabeça e nossos olhares se encontraram e sorriram. Numa excitante noite moscovita dessas, quando cai a primeira neve, quando as faces ardem em manchas de mirtilo e no céu estendem-se os fios como cabos azuis – onde encontrar forças e mau humor numa noite dessas para passar sem dizer nada, para nunca mais encontrar um ao outro?

Perguntei como se chamava e aonde ia. Ela chamava-se Zínotchka e não ia *aonde* nenhum, mas ia andando *simplesmente assim*. Na esquina da qual nos aproximávamos estava um trotador; o trenó alto tinha forma de cálice, o enorme cavalo estava coberto com um baixeiro branco. Sugeri dar um passeio e Zínotchka, com os olhinhos brilhando para mim e os lábios em botão, começou a acenar rapidamente com a cabeça como criança. O cocheiro estava sentado de lado para nós, mergulhado na dianteira do trenó que parecia um ponto de interrogação. Quando estávamos chegando perto, animou-se um pouco e, seguindo-nos com os olhos como quem segue o alvo, disparou a voz rouca: — *Faz favor, faz favor! Eu levo vocês!* Vendo que acertou e que era preciso pegar a caça, desceu do trenó. Enorme e solene, de sobretudo verde até o chão, luvas brancas do tamanho de uma cabeça de criança, cartola com fivela à moda Onéguin, acrescentou, aproximando-se: — *Queira Vossa Senhoria ordenar conduzi-los num cavalo ligeiro.*

Aí começou um martírio. Para ir até o Parque Petrovski e voltar, ele pediu dez rublos. Embora no bolso da *Senhoria* houvesse apenas cinco rublos e meio, eu não vacilaria em pegar o trenó, achando naqueles anos qualquer calote menos vergonhoso que a necessidade de pechinchar com o cocheiro na presença de uma dama. Mas foi Zínotchka quem salvou a situação. Com indignação nos olhos ela declarou decididamente que o preço era absurdo e que eu não ousasse pagar mais do que uma verdinha. Segurando-me pela mão, ela me puxava para longe, e eu ia, resistindo de leve, com essa resistência tirando de mim e passando para Zínotchka toda a vergonha da situação. Como se não fosse por minha causa, como se eu estivesse disposto, é claro, a pagar qualquer preço.

Afastados uns vinte passos, Zínotchka olhou com a cautela de um ladrão por cima do meu ombro para trás e, ao ver que o baixeiro estava sendo retirado às pressas do cavalo, avançou, colocando-se na minha frente e levantando-se na ponta dos pés sussurrou com exaltação: — *Ele aceita, aceita* (bateu palmas silenciosamente), ele vem já! *Está vendo como eu sou inteligente* — tentando encontrar meu olhar, — *está vendo, eu tinha razão, hem?!*

Esse *hem* soava muito agradável para mim. Queria dizer que eu sou um farrista elegante, rico e esbanjador e ela, menina pobre, me contém em meus gastos e não porque esses gastos estejam acima das minhas possibilidades, mas apenas porque dentro do estreito horizonte de sua miséria, ela, coitadinha, não pode admitir tais dispêndios.

O cocheiro alcançou-nos no cruzamento seguinte, ultrapassou-nos e, segurando o impetuoso trotador, puxando as rédeas da direita para a esquerda como volante, e deitando de costas no trenó, abriu a manta. Ajudei Zínotchka a se sentar, passei para o outro lado devagar, embora com vontade de me apressar, subi no assento alto e estreito, prendi a forte alça de veludo no gancho de metal, abracei Zínotchka e, puxando fortemente a viseira, como quem pretende brigar, disse com altivez: — *Arre!*

Ouviu-se um preguiçoso estalido de beijo, o cavalo arrancou de leve e o trenó começou a se arrastar lentamente. Eu senti que tudo já tremia dentro de mim por causa dessa zombaria do cocheiro. Mas quando, ao dobrar duas esquinas, saímos na rua Tverskaia-Iamskaia, o cocheiro encurtou de repente as rédeas e gritou — *E-e-e-p!* — onde o agudo e metálico

M. Aguéiev 25

e elevava-se estridente até bater na pequena barreira *p* que não o deixava seguir. O trenó arrancou-se violentamente, nós fomos jogados para trás de joelhos levantados e em seguida para frente, de cara contra as costas acolchoadas. A rua toda já voava ao nosso encontro, cordas de neve molhada açoitavam fortemente as faces e os olhos, só por instantes soava o retinir dos bondes que vinham em sentido contrário – e de novo o *ep, ep*, desta vez curto e dolorido como chicote e depois um *baaaila!* como um alegre e furioso balido, as negras explosões dos trenós em sentido contrário e a angustiante expectativa de levar um varal na cara; *tchoc, tchoc, tchoc* – soavam os arremessos de neve dos cascos contra a dianteira metálica, e tremia o trenó, e tremiam os nossos corações. – *Ah, como é bom*, sussurrava com admiração perto de mim uma voz infantil em meio à chuva fustigante. – *Ah, que maravilha, que maravilha!* Para mim também era uma *maravilha*. Só que, como sempre, eu resistia e me opunha a este sentimento de êxtase que explodia dentro de mim.

Quando deixamos para trás o *Iar* [Restaurante famoso, onde cantavam ciganos. *(N. do T.)*] a galope, já podia-se ver a torre da estação no balão da linha de bonde e o quiosque da confeitaria fechado com tábuas. Na passagem para o balão, o cocheiro, recostando-se em nós, freou fortemente o cavalo e cantarolou com voz entrecortada, mansa e feminina – *prr..., prr..., prr...* e nós entramos na passagem marchando. De repente parou de nevar, somente em torno de uma lanterna amarela solitária os flocos voavam com languidez sem cair, como se lá alguém estivesse sacudindo um edredom. No ar negro atrás da lanterna havia uma placa sobre postes e do lado dela estava pregada em diagonal uma mão fechada com o dedo indicador esticado de punho branco e uma parte da manga. Pelo dedo andava uma gralha, jogando a neve para baixo.

Perguntei a Zínotchka se ela não sentia frio. – *Me sinto maravilhosamente bem*, disse – *isto é uma verdadeira maravilha, não é? Bom, pegue minhas mãos, esquente-as*. Despreguei de sua cintura meu braço que doía bastante no ombro. Da viseira escorria água pelas faces e, atrás da gola, tínhamos os rostos molhados, a pele das faces e do queixo estava tão repuxada pelo frio que conversávamos com os rostos imóveis, as sobrancelhas e os cílios grudavam em pingentes de gelo, ombros, mangas, peito, manta – tudo estava coberto com uma crosta de gelo estalante, o cavalo e nós exalávamos vapor como se estivéssemos fervendo por dentro e as bochechas de Zínotchka pareciam ter casca de maçã vermelha colada.

O balão totalmente deserto era todo branco e azul, e nesses branco e azul da neve, no seu brilho de naftalina, nesse silêncio imóvel, como o de um quarto, eu vi a minha angústia. Lembrei-me de repente que dentro de alguns minutos teria que sair do trenó, ir para casa, cuidar da minha nojenta doença, levantar-me no escuro de manhã cedo e tudo deixou de ser uma maravilha para mim.

Coisas estranhas aconteciam na minha vida. Sentindo felicidade, bastava eu pensar que essa felicidade era por pouco tempo que no mesmo instante ela acabava. A sensação de felicidade acabava não porque as condições externas que a criaram interrompiam-se, mas só pela consciência de que esses esforços externos muito em breve e infalivelmente cessariam. E no mesmo momento em que essa consciência surgia, desaparecia a felicidade, – e os fatores que a criaram e ainda não se interromperam, continuavam existindo, – já começavam a irritar. Quando saímos do balão e voltamos para a estrada, meu único desejo era estar o quanto antes na cidade, sair do trenó e pagar a conta.

A volta era fastidiosa e fazia frio. Mas quando, ao chegar ao bulevar Strastnói, o cocheiro, virando a cabeça, perguntou se continuava a viagem e para onde, eu, olhando interrogativamente para Zínotchka, senti em seguida que meu coração parou docemente como de costume. Zínotchka estava olhando não nos meus olhos, mas para meus lábios com aquela expressão feroz e sem sentido, do qual o sentido me era bem conhecido. Soerguendo-me nos joelhos que começaram a tremer de felicidade, disse ao ouvido do cocheiro que nos levasse à casa de Vinográdov.

Seria uma total inverdade dizer que, durante aqueles poucos minutos que eram necessários para chegar até a casa de encontros, não me preocupava nem um pouco o fato de estar doente e poder contagiar Zínotchka. Apertando-a fortemente contra mim, eu não parei de pensar nisto, mas ao pensar, temia não a responsabilidade diante de mim mesmo, e sim os aborrecimentos que outros poderiam me causar por tal procedimento. E como quase sempre acontece em tais casos, esse medo, não impede o cometimento da contravenção, apenas estimula a praticá-la de tal maneira que ninguém conheça o culpado.

Quando o trenó parou diante daquela casa cor de ferrugem com janelas calafetadas, pedi ao cocheiro que nos levasse para dentro. Para passar pelo portão, o trenó precisava recuar para trás até a grade do bulevar – e quando já estávamos no portão, os esquis chiaram entrando no asfalto e pararam atravessando a calçada. Durante aqueles poucos segundos antes que o cavalo, num arranque, nos levasse ao pátio, os eventuais transeuntes contornavam o trenó e nos examinavam com curiosidade. Dois deles até pararam e isso influenciou visivelmente Zínotchka. Subitamente ela distanciou-se, tornou-se estranha, aflita, ar ofendido.

Enquanto Zínotchka, ao descer do trenó, afastava-se para um canto escuro do pátio, eu, pagando o cocheiro, que insistia num acréscimo, pensava com aborrecimento que me restavam somente dois rublos e meio e que possivelmente, se os cômodos baratos estivessem ocupados, precisaria de mais cinqüenta copeques. Paguei o cocheiro e, aproximando-me de Zínotchka, já pela maneira como ela sacudia sua bolsinha e contorcia nervosamente o ombro, senti que agora, assim, de imediato, ela não iria. O cocheiro se foi e a virada brusca do trenó deixou na neve um círculo liso como que passado a ferro. Aqueles dois curiosos que haviam parado quando entrávamos, agora estavam no pátio, a uma certa distância, observando-nos. De costas para eles, para que Zínotchka não pudesse vê-los, abracei-a pelos ombros, chamei-a de pequerrucha, de pequenina, de menininha, usando palavras privadas de qualquer sentido, se não fossem pronunciadas com voz afetuosa, da qual o som se fez por si mesmo doce como melaço. Sentindo que ela estava se rendendo, voltando a ser a Zínotchka de antes, não exatamente aquela que lançou para mim o terrível olhar (como me pareceu) no bulevar Strastnói, mas a que dizia no parque – *maravilha, ah, que maravilha!* –, comecei a falar-lhe de uma maneira desajeitada e confusa que eu tinha no bolso uma nota de cem rublos, que aqui não poderiam trocá-la, que eu precisava de cinqüenta copeques, que dentro de alguns minutos eu os devolveria, que... Mas Zínotchka não deixou eu terminar, rapidamente, com a pressa de quem está assustada, abriu sua velha bolsinha de oleado, imitação de crocodilo, tirou um porta-moedas minúsculo e virou seu conteúdo na palma da minha mão. Eu vi um punhado de moedas de prata e pequenininhas de cinco copeques, que eram uma espécie de raridade, e olhei para ela com interrogação. – *São justamente dez*, – disse em tom tranqüilizador, depois, encolhendo-se com ar de coitada, como que se desculpando, acrescentou pudicamente: *há muito tempo que eu as juntava, dizem que dão sorte*. – *Mas, minha pequerrucha*, – repliquei com uma nobre indignação – então *dá pena, ora! Tome de volta, eu me viro*. Mas Zínotchka, já zangada de verdade, fazia caretas tentando fechar meus dedos com suas mãozinhas. – *Você deve aceitar* – dizia. – *Você deve. Se não, você me ofenderá*.

Irá ou não irá? Irá ou recusará? – era a única coisa que agitava meus pensamentos, meus sentimentos, todo meu ser, enquanto eu, como por acaso, levava Zínotchka para a entrada do hotel. Subindo o primeiro degrau, ela, parecendo voltar a si, parou. Olhou com angústia para o portão, onde ainda estavam aqueles dois, como guardas que barram a passagem, depois para mim, como quem está se despedindo, deu um triste sorriso, baixou a cabeça, encurvando-se toda, fechou o rosto com as mãos. Peguei fortemente o braço dela, bem alto, perto da axila, puxei-a pela escada acima e empurrei-a pela porta, servilmente aberta pelo porteiro.

Quando saíamos, dentro de uma hora ou sei lá quanto, ainda no pátio, perguntei a Zínotchka, para que lado ela devia ir, para determinar uma direção contrária à mi-

30 *Romance com Cocaína*

nha casa, despedir-me dela uma vez para sempre aqui mesmo, no portão. Assim procedia-se habitualmente na saída de Vinográdov.

Mas se a tais despedidas para sempre eu era induzido pela saciedade e tédio e, às vezes até pelo asco – sentimentos que impediam de acreditar que a mesma menina poderia tornar-se desejada no dia seguinte (mesmo sabendo que me arrependeria dentro de um dia), desta vez, separando-me de Zínotchka, eu experimentava apenas enfado.

Experimentava enfado porque lá no cômodo, atrás do tabique, Zínotchka, contagiada por mim, não correspondeu às expectativas, continuou sendo a mesma menina exaltada e por isso assexuada, como quando dizia – *ah, que maravilha!* Despida, ela acariciava minhas faces, repetindo – *ah, meu amorzinho, meu bichinho* – com uma voz de ternura infantil, de menina – e essa ternura, que não era coquete, não, mas cordial – envergonhava-me, não deixava que eu me expressasse *inteiramente* naquilo que costumam chamar de sem-vergonhice, embora erroneamente, porque a principal e a mais emocionante delícia da viciosidade humana é a superação da vergonha e não a sua falta. Sem ela mesma saber, Zínotchka impedia ao animal superar o homem, por isso naquele momento, sentindo insatisfação e enfado, eu defini o acontecido com uma palavra: em vão. Em vão contagiei a menina – pensava e sentia eu, mas esse *em vão* eu entendia e sentia como se cometesse não somente algo que não era terrível, mas, ao contrário, como se eu fizesse um sacrifício, esperando em troca um prazer, que acabei não recebendo.

Somente quando já estávamos no portão, e Zínotchka, cuidadosamente, para não perder, guardava um pedacinho

M. Aguéiev

de papel, no qual eu anotei meu suposto nome e o primeiro número de telefone que me veio à cabeça, somente quando, ao me agradecer e se despedir, Zínotchka começou a se distanciar de mim — sim, somente então a voz interior, não a presunçosa e insolente com a qual em minha imaginação, deitado no sofá, eu me dirigia mentalmente ao mundo externo — mas uma voz tranqüila, complacente que conversava, dirigindo-se apenas a mim mesmo, começou a falar dentro de mim. — *Ora, rapaz*, — dizia essa voz com amargura, — *arrasaste com a menina. Olhe, ei-la andando, essa criancinha. Lembraste como ela te dizia, — Ah, meu amorzinho! E destruíste por quê? Que mal ela te fez? Ora, rapaz!*

Uma coisa surpreendente são as costas de uma pessoa se distanciando, de uma pessoa ofendida injustamente e que parte para sempre. Há nelas uma impotência humana, uma fraqueza lastimável, que pede complacência, que chama, que puxa atrás de si. Há algo nas costas de uma pessoa se distanciando, que faz lembrar as injustiças e ofensas, das quais é preciso relatar mais uma vez, e se despedir mais uma vez, e deve-se fazê-lo o quanto antes, porque a pessoa vai embora para sempre, deixando por si muita dor, que irá atormentar ainda por muito tempo e na velhice, talvez, não permitirá dormir. De novo estava caindo a neve, mas seca e fria, o vento balançava a lanterna e no bulevar as sombras das árvores agitavam-se unanimemente como caudas. Fazia muito tempo que Zínotchka virara a esquina, fazia muito tempo que não dava mais para ver Zínotchka, mas de novo e de novo eu a trazia até mim pela minha imaginação, deixava-a ir até a esquina, olhava suas costas se distanciando, e novamente, ela, não sei por que, de costas voltava voando

32   *Romance com Cocaína*

para mim. E quando, finalmente, minha mão esbarrou no bolso, e retiniram nele as dez moedas de prata de cinco copeques não utilizadas, lembrei-me em seguida de seus lábios e de sua voz, dizendo- juntei-as durante muito tempo, parece que dão sorte – aquilo foi como uma chibatada no meu infame coração, chibatada que me fez correr, correr atrás da Zínotchka pela neve profunda, naquele relaxamento lacrimoso quando você corre atrás do último trem em movimento, corre sabendo que não poderá alcançá-lo.

Naquela noite vaguei longamente pelos bulevares, e naquela noite jurei para mim: guardar por toda vida, por toda minha vida as moedinhas de prata de Zínotchka.

Nunca mais encontrei Zínotchka. Moscou é grande e há muita gente nela.

3

O grupo que liderava nossa classe era composto por Stein, Iegórov e, como eu queria que parecesse naquele tempo, por mim mesmo. Com Stein eu tinha amizade, ao mesmo tempo, sentindo uma inquietude constante, pois, se eu deixasse de forçar essa amizade dentro de mim, eu o odiaria em seguida. Loiro desbotado, sem sobrancelhas, com uma careca já despontando – Stein era filho de um rico judeu peleteiro e era o melhor aluno da classe. Os professores muito raramente o questionavam, certificando-se, com o passar dos anos, de que seus conhecimentos eram irrepreensíveis. Mas quando um professor, ao dar uma olhada na lista de chamada, pronunciava – *S-s-stein* – a classe toda calava-se de uma maneira especial. Stein arrancava-se do seu lugar com tanto ruído, como se estivesse preso por alguém, saía rapidamente da fileira de

M. Aguéiev

carteiras, e, por pouco não se dobrando sobre suas finas e cumpridas pernas, colocava-se, longe da cátedra, tão obliquamente em relação ao chão, que se passassem uma linha reta da ponta de seus pés para cima, ela sairia pela ponta aguda do seu estreito e magro ombro perto do qual ele juntava, como para oração, suas mãos enormes e brancas. Em pé, o corpo na diagonal, apoiando todo seu peso numa só perna, a outra tocando o chão apenas com a ponta da botina, como se ela fosse mais curta, – efeminado, desajeitadamente anguloso, mas nem um pouco ridículo, expressando pela voz – durante as respostas – a precipitação que o empurrava para frente, como que por excesso de conhecimentos e – enquanto ouvia as perguntas que lhe faziam –, por uma negligente condescendência, ele metralhava brilhantemente sua resposta, e, esperando um benévolo *pode sentar-se,* sempre procurava não olhar para a classe, mas para a janela, e parecia mastigar ou murmurar algo com os lábios. Quando, arrancando-se da mesma forma, ele voltava rapidamente ao seu lugar pelo assoalho escorregadio, sentava-se ruidosamente, e , sem olhar para ninguém, começava em seguida a escrever algo ou esgaravatar a carteira enquanto a atenção geral não se desviava para a chamada seguinte.

Quando nos recreios contava-se algo engraçado e o riso geral surpreendia-o sentado na carteira, ele, jogando a cabeça para trás, fechava os olhos, franzia o rosto, mostrando seu sofrimento pelo riso, e batia rapidamente o punho contra a carteira como se procurasse com essas batidas afastar esse riso que o sufocava. O riso apenas sufocava-o: os lábios continuavam fechados sem emitir som algum. Esperando o momento em que todos parassem de rir, ele abria os olhos, enxugava-os com o lenço e pronunciava: – *Uff.*

Suas paixões eram o balé e a *casa* de Maria Ivánovna da travessa Kossói. Seu provérbio favorito era: *É preciso ser europeu.* Esta frase ele usava constantemente, a propósito e sem propósito. — *É preciso ser europeu* — dizia ele quando aparecia, mostrando no relógio que chegara exatamente um minuto antes de começarem a oração. — *É preciso ser europeu* — dizia, ao contar que havia assistido a um balé na noite passada e de camarote especial. — *É preciso ser europeu* — acrescentava ele, dando a entender que depois do espetáculo tinha ido a casa de Maria Ivánovna. Somente mais tarde, quando Iegórov começou a aborrecê-lo demais, Stein perdeu o costume de usar sua expressão predileta.

Iegórov também era rico. Filho de um industrial florestal de Kazan, sempre bem-tratado e perfumado, com uma risca branca até a nuca dividindo o cabelo amarelo, brilhante como madeira que, quando descolava, era por inteiro, em camada. Ele seria bonito, não fossem seus olhos: aguados e redondos, olhos de vidro como os de um pássaro, que se tornavam assustados e pasmos, bastava o rosto adquirir uma expressão séria. Durante seus primeiros meses no colégio, quando Iegórov ainda era excessivamente simplório, um zé-povinho, e até se apresentava como Iegóruchka [apelido carinhoso do nome Iegor, do qual provém o sobrenome Iegórov.], alguém chamou-o abreviadamente de Iago, e o apelido pegou.

Iago foi trazido para Moscou quando já tinha 14 anos, por isso foi logo matriculado na quarta série.

Ele foi levado à sala pelo preceptor, ainda de manhã, antes das aulas, o qual sugeriu-lhe, em seguida, ler uma oração, enquanto os vinte e cinco pares de olhos atentos não se desviavam dele, procurando tensamente qualquer coisa que pudesse ser motivo de zombaria.

M. Aguéiev   35

Habitualmente, a oração, lia-se muito rápido e com monotonia, refletindo em nós com a costumeira necessidade de nos levantarmos, ficarmos meio minuto em pé, e nos sentarmos, batendo com grande ruído as carteiras. Mas Iago começou a ler claramente, com uma convicção afetada, e, além disso, persignava-se não como todo mundo – espantando mosca do nariz, mas com fervor, fechando os olhos; fazia reverências teatrais e depois, de novo jogando a cabeça para trás, procurava, com olhos turvos, o ícone, pendurado bem alto na parede da sala. Em seguida ouviram-se uns risinhos, todos desconfiaram que aquilo fosse brincadeira, a desconfiança passou a ser certeza e os risinhos isolados transformaram-se numa boa gargalhada, logo que Iago, interrompeu a oração e percorreu-nos com seu olhar de franguinho, assustado e perplexo. O preceptor ficou muito nervoso, gritou com Iago e com todos nós dizendo que, se algo parecido acontecesse novamente, ele levaria o assunto ao conhecimento do conselho. Somente uma semana depois, quando todos já sabiam que Iago era de uma família muito religiosa, seguidora de rituais antigos, o mesmo preceptor, homem já velho, certa ocasião, depois das aulas, chegou de repente a Iago, e ruborizado como um adolescente, pegou na mão dele, e, olhando para o lado, disse com voz entrecortada: – *Iegórov, você, por favor, me desculpe.* Sem dizer mais nada, tirou sua mão, e, todo encurvado, já indo embora pelo corredor, fazia movimentos com os braços, como se arrancasse algo do teto e jogasse bruscamente para o chão. Iago foi para a janela, e, de costas para nós, ficou muito tempo assoando o nariz.

36

Romance com Cocaína

Mas isso foi só no começo. Nas séries mais avançadas, segundo palavras da diretoria, Iago corrompeu-se bastante, começou a beber muito e com freqüência. Chegando de manhã à sala de aula, ele dava uma volta proposital, aproximava-se da carteira onde estava Stein e, dando um arroto ameaçador, mandava tudo aquilo, como fumaça de charuto caro, no nariz de Stein. – *É preciso ser europeu* – explicava ele aos presentes. Apesar de morar em Moscou totalmente só alugava cômodos caros numa mansão; pelo visto, recebia muito dinheiro de casa, freqüentemente aparecia com mulheres em carruagens e, mesmo assim, ele estudava com regularidade e muito bem, era considerado um dos melhores alunos, e apenas poucas pessoas sabiam que em quase todas as matérias ele recorria à ajuda de professores particulares.

Poder-se-ía dizer que a nós três – Stein, Iegórov e eu – essa cabeça da classe, como falava-se de nós, todos os outros do grupo juntavam-se como a uma barra de ímã grudam as duas pontas da ferradura. Uma ponta juntava-se a nós pelo seu melhor aluno, e afastando-se de nós pelo círculo da ferradura, proporcionalmente às notas mais baixas e, voltando de novo, entrava em contato conosco pela outra ponta, na qual estava o pior aluno, o vagabundo. Enquanto nós, a cabeça, como que conjugávamos as principais características de uma coisa e da outra: notas do melhor aluno, e a reputação do que era tido em pior conta pela diretoria.

Da parte dos melhores alunos juntava-se a nós Eisenberg, da parte dos vagabundos – Takadjíev.

Eisenberg, ou o *quietíssimo* como o chamavam, era menino judeu muito modesto, muito aplicado e muito tímido. Ele tinha um hábito estranho: antes de dizer alguma coisa ou de

M. Aguéiev

responder a uma pergunta, procurava engolir a saliva, empurrando-a com uma inclinação da cabeça e, ao engolir, pronunciava — *mte*. Todos consideravam indispensável zombar da sua abstinência sexual (embora a veracidade dessa abstinência não pudesse ser verificada por ninguém e não fosse tampouco confirmada por ele próprio). Freqüentemente, nos recreios, a turma cercava-o, exigindo: — *Então, Eisenberg, mostra-nos a tua última amante* — e todos examinavam atentamente as palmas de suas mãos.

Quando Eisenberg conversava com um de nós, ele invariavelmente inclinava a cabeça um pouco para baixo e para um lado, desviava seus olhos cor de urtiga para um canto e encobria a boca com a mão.

Takadjíev era o mais velho e o mais alto de todos. Esse armênio gozava da simpatia geral pela sua impressionante capacidade de transferir totalmente o alvo de zombaria de si mesmo para aquela péssima nota que ele acabara de receber, e, diferentemente dos outros, nunca sentia rancor pelo professor e divertia-se ele mesmo mais que todo mundo. Como Stein, ele também tinha uma pequena expressão favorita. Ela surgiu nas seguintes circunstâncias: um dia, devolvendo cadernos corrigidos, o inteligente e bonachão Semiónov, entregando a Takadjíev o seu e lançando olhares ardilosos, declarou que apesar de sua redação estar excelentemente escrita e haver nela uma única falta insignificante — uma vírgula no lugar errado — ele, Semiónov, por causa dessa falta insignificante, se sentia obrigado a dar a Takadjíev nota zero. O motivo dessa nota tão injusta, à primeira vista, explicava-se pelo fato de que a redação de Takadjíev coincidia, palavra por palavra, com a de Eisenberg, e, o que era especialmente miste-

38   *Romance com Cocaína*

rioso, coincidiam nelas igualmente as vírgulas erroneamente colocadas. E, ao acrescentar seu provérbio predileto — *é pelo vôo que se reconhece o falcão e pelo ranho — o rapagão —*, devolveu o caderno a Takadjíev. Mas Takadjíev, com o caderno nas mãos, continuava diante da cátedra. Ele perguntou mais de uma vez: — *Será possível? Será que ele entendeu bem? Como podiam essas vírgulas erroneamente colocadas coincidir tanto?* Ao receber o caderno de Eisenberg para se certificar, folheou-o longamente, procurava e comparava algo, com crescente surpresa no rosto e, para finalizar, já totalmente perplexo, olhou primeiro para nós, prontos a explodir em gargalhadas, depois, bem devagar voltou os olhos pasmos e esbugalhados para Semiónov: — *Tam-manha caencedência* — murmurou ele tragicamente, levantando os ombros e baixando os cantos da boca. A nota zero já fora dada, o preço, portanto, já fora pago, e Takadjíev, que na realidade dominava perfeitamente o idioma russo, simplesmente aproveitava a ocasião para divertir os amigos, a si mesmo e também ao professor de letras que, apesar do cruel rigor das notas, gostava de rir.

Tais eram as pontas da ferradura que se juntavam a nós, ferradura da qual os outros alunos pareciam tanto mais distanciados e por isso insípidos, quanto mais próximos eles estavam do meio da ferradura, por causa da perene luta entre a nota baixa e a satisfatória. Era neste meio, distante e alheio para nós, que se encontrava Vassíli Burkévitz, rapaz baixinho, cheio de espinhas, cabelo rebelde, quando aconteceu com ele algo bastante incomum para a tranqüila e bem engrenada vida do nosso velho colégio.

4

Estávamos na quinta série e assistíamos à aula de alemão com fon-Folkman, homem totalmente calvo, rosto vermelho e bigodes brancos com fios ferrugem, à Masepa. Primeiro, na prova oral, ele fazia perguntas a Burkévitz (chamando-o de Búrkevitz, com o acento no *u*), mas como alguém estava soprando descaradamente e em voz alta, Folkman zangou-se, seu rosto cor de cenoura em seguida virou cor de beterraba. Mandou Burkévitz sair da carteira e chegar até a lousa, e, ao resmungar *Verdammte bummelei* [Maldita bagunça!], já estava puxando com carinho o freio de sua raiva – o bigode branco-ferrugem. De pé, junto à lousa, Burkévitz ia responder, quando subitamente aconteceu uma coisa extremamente desagradável. Ele espirrou, mas espirrou dum jeito tão infeliz, que o ranho jorrou do nariz e ficou pendurado quase até a cintura, balançando. Todos deram risadinhas.

– *Was ist denn wider los?* – perguntou Folkman e, ao virar a cabeça e olhar, acrescentou: – *Na, ich danke* [O que aconteceu novamente? / Eu agradeço.].

Burkévitz, vermelho de vergonha e depois empalidecendo até esverdear, procurava nos bolsos com as mãos trêmulas. Mas não havia lenço com ele. – *Você, querido, poderia cortar aí suas ostras* – disse Iago. – *Deus é misericordioso, mas nós ainda vamos ter que almoçar.* Tamanha *caencedência* – admirava-se Takadjíev. A classe toda já urrava de tanto gargalhar, e Burkévitz, perdido e lastimável, saiu correndo para o corredor. Folkman, batendo com o lápis na mesa, gritava: – *Rrrue!* [Silêncio]. Mas naquela zorra total só se ouvia o rosnar da primeira letra, som que ilustrava perfeitamente a expressão de seus olhos, que ficaram tão esbugalhados que nós sentimos mais medo por ele do que por nós.

Porém, no dia seguinte, quando novamente tínhamos aula de alemão, Folkman, pelo visto, bem-humorado desta vez, resolveu dar risadas e chamou Burkévitz de novo. — *Búrkevitz! Übersetzen Sie weiter* — ordenou Folkman e acrescentou, finindo pavor: — *aber selbstverständlich nur im Falle, wenn Sie heut'n Taschentuch besitzen.* [Continue a tradução. Mas, evidentemente, só se você tiver um lenço hoje. (alemão)]

O admirável em Folkman era que somente pelo sentido dos acontecimentos precedentes podia-se adivinhar se ele ria ou tossia. Depois dessas palavras, vendo-o com a boca escancarada, da qual soltava um jato borbulhante, rouquejante e grugulejante, vendo como se levantavam as pontas enferrujadas de seus bigodes, como se um vento terrível soprasse da boca, e como na sua careca cor de framboesa inchou uma veia roxa, da grossura de um lápis, a classe toda caiu numa terrível e convulsiva gargalhada. Stein, com a cabeça para trás, olhos fechados com expressão de sofrimento, batia com seu punho branco na carteira e, depois que todos se acalmaram, enxugou os olhos e fe z *uff.*

Somente meses depois nós entendemos o quanto cruel, injusta e descabida era essa gargalhada.

O caso é que depois daquele acontecimento desagradável Burkévitz não voltou para a classe, e no dia seguinte apareceu com uma cara imóvel. A partir daquele dia a classe deixou de existir para ele, como se ele tivesse nos enterrado, e nós o teríamos esquecido, se dentro de uma ou duas semanas não fosse notado por nós e pelos professores algo extremamente singular.

M. Aguéiev

Esta singularidade consistia em que Burkévitz, o mau aluno Burkévitz, de repente e inesperadamente, começou a se deslocar do meio da ferradura, no início muito devagar, depois cada vez mais rápido, em direção a Eisenberg e Stein. Esse avanço era bastante lento e difícil. É desnecessário dizer que mesmo com o sistema de notas, os professores costumam orientar-se não tanto pelo conhecimento do aluno no momento da prova oral, quanto pela reputação dos conhecimentos que o aluno adquiriu durante anos. Houve casos, embora muito raros, em que algumas respostas de Stein ou de Eisenberg eram tão fracas, que se no lugar deles estivesse Takadjíev, ele receberia a nota mínima. Mas já que eram Eisenberg e Stein, durante anos considerados os melhores alunos, o professor, apesar das respostas fracas, e talvez a contragosto, dava a nota máxima. Acusar por isso os professores de injustiça, seria tão justo, quanto acusar de injustiça o mundo inteiro. Acontecia amiúde quando pessoas consideradas famosas, esses *melhores alunos* de belas-artes, recebiam de seus críticos comentários de admiração mesmo por obras tão fracas e tão sem sentido, que, se fossem elas criadas por alguém sem nome, ele poderia contar, na melhor das hipóteses, com a nota mínima de Takadjíev. A dificuldade maior de Burkévitz não foi seu anonimato, mas, o que era muito pior, sua reputação, de longa data, de um aluno medíocre, de notas mínimas; foi justamente a fama de mediocridade que o impedia de avançar e estava diante dele como uma parede indestrutível.

Mas isso, é claro, foi só no começo. Tal era, em geral, a psicologia do conceito de notas de 1 a 5, que para passar da nota 3 à 4 era como atravessar nadando um oceano, e

42   *Romance com Cocaína*

da 4 até á 5 – dar uns passos apenas. Entretanto, Burkévitz avançava. Devagar, com tenacidade, sem recuar um palmo, sempre para frente, pela curva da ferradura, aproximava-se cada vez mais de Eisenberg, cada vez mais de Stein. No final do ano letivo (a história com o espirro aconteceu em janeiro) ele já estava perto de Eisenberg, apesar de não poder se comparar com ele por falta de tempo. Mas quando Burkévitz saiu do último exame com a mesma cara imóvel e sem se despedir de ninguém passou para o vestiário, nós ainda não supúnhamos que seríamos testemunhas de uma dura luta, luta pela primazia, que iria se travar desde o início do ano letivo seguinte.

5

A luta começou logo nos primeiros dias. De um lado Vassíli Burkévitz, do outro Eisenberg e Stein. À primeira vista essa luta poderia parecer sem sentido: tanto Burkévitz, quanto Eisenberg e Stein, não recebiam outras notas, a não ser 5 [A nota mais alta nas escolas russas]. E mesmo assim a luta continuava; uma luta tensa, quente (acalorada?), aliás, ela se desenrolava por aquele acréscimo invisível à nota, por aquela transformação suprema dessa nota, que, embora não pudesse ser representada graficamente no livro de notas, fazia-se sentir fortemente pela classe e pelos professores, e por isso servia de cauda, pelo comprimento da qual determinava-se a primazia.

Uma atenção especial a essa competição manifestava o professor de História, e acontecia até de ele chamar os três na mesma aula, um atrás do outro: Eisenberg, Stein e Burkévitz. Nunca vou esquecer aquele silêncio eletrizado na sala de aula, aqueles olhos. úmidos, ansiosos, ardentes

M. Aguéiev 43

de todos nós, aquela emoção oculta e, por isso, mais arrebatada, e parece-me que nós viveríamos uma tourada da mesma maneira, caso não pudéssemos expressar com gritos nossos sentimentos.

O primeiro a responder era Eisenberg. Este pequeno e honesto trabalhador sabia tudo. Sabia tudo que precisava saber, sabia mais do que precisava, acima daquilo que dele se exigia. Mas, ao mesmo tempo, os conhecimentos que a lição do dia exigia dele, *eram apresentados de uma maneira, que apesar de irrepreensível, apesar de precisa, apesar de impecável,* não passava de um seco rol de acontecimentos históricos; e da mesma forma, os conhecimentos que não se exigiam dele, mas pelos quais ele queria brilhar, expressavam-se apenas em se adiantar no futuro cronológico das lições ainda não estudadas.

Depois, apressado como sempre, ia à frente Stein, que com sua figura oblíqua parecia inclinar a sala. De novo a mesma pergunta feita para Eisenberg, e Stein começava a metralhar com maestria. Aquilo já não era Eisenberg, com as deglutições de saliva e os estrambóticos *mte*, com os quais ele começava seus parágrafos. Em certo sentido aquilo que apresentava Stein era até brilhante. Ele estalava como um motor de muita potência, palavras estrangeiras em abundância saíam como fagulhas, sem diminuir o ritmo da fala, citações latinas passavam voando como pontes bemconstruídas, e sua maneira de cunhar palavras fazia chegar tudo aos nossos ouvidos sem tensão, sem exigir esforço para escutar, permitindo descansar com prazer e, ao mesmo tempo, sem deixar cair no vácuo nenhuma gota fônica. E para cúmulo de tudo, Stein, já terminando, num resumo brilhante de sua exposição, nos dava a entender com transparência que ele, Stein, homem de nosso século, embora contando tudo aquilo, na realidade apenas condescende, e olha de cima os homens de épocas passadas. Que ele, tendo agora à sua disposição automóveis, aviões, aquecimento central e a sociedade internacional de vagões-leito, considera-se em pleno direito de olhar do alto gente dos tempos da tração animal, e que se ele estuda essa gente, é apenas para certificar-se mais uma vez da grandeza do nosso século de inventos.

E finalmente – Vassíli Burkévitz, e de novo a mesma pergunta feita aos dois antecedentes. As primeiras palavras de Burkévitz decepcionaram. É que ele traçava muito secamente o caminho de seu relato e nossos ouvidos mal-acostumados esperavam o preciso tamborilar de Stein. Mas logo depois de algumas locuções, Burkévitz, como que por acaso, mencionava um pequeno detalhe da *vida* daquela época, sobre a qual ele contava, como se, erguendo o braço, jogasse uma exuberante rosa sobre as corcovas dos túmulos históricos. O primeiro traço de antigos costumes seguia-se pelo segundo e pelo terceiro, também isolados como gotas de chuva antes da tempestade, depois por muitos e, enfim, por toda a torrente, fazendo mais lento e mais difícil o avanço dele no desenrolar dos acontecimentos. E os velhos sepulcros, adornados pelas flores deitadas sobre eles, já pareciam bem recentes, ainda não esquecidos, como que cavados na véspera Isso era o começo.

E logo que, por força desse começo, aproximavam-se de nós, chegando bem perto, antigas casas, antigas pessoas e as atividades de épocas antigas, em seguida refutava-se o ponto de vista de Stein, que enaltecia os tempos atuais sobre o passado só porque hoje o expresso de luxo percorria em vinte e quatro horas uma distância que naqueles tempos remotos da tração animal exigiria mais de uma semana de viagem., Com uma habilidade que pouco parecia ser premeditada, Burkévitz encadeava os costumes de hoje aos de ontem, e mesmo sem afirmá-lo, fazia-nos entender que Stein enganava-se. Que a diferença entre pessoas que viviam nos tempos da tração animal, e as que vivem hoje, na época de aperfeiçoamentos técnicos, aquela diferença que, como acreditava Stein, dá ao homem do século atual o direito de se enaltecer sobre os homens de épocas passadas, na realidade não existe em absoluto, que não há nenhuma diferença entre o homem de hoje e o das épocas passadas, que, pelo contrário, toda e qualquer diferença entre eles está ausente, e que justamente a ausência desta diferença explica a surpreendente semelhança do relacionamento humano naquele tempo, quando percorria-se uma distância em uma semana e agora, quando essa distância é percorrida em vinte horas. E que como nos dias de hoje, pessoas muito ricas, trajando roupas caras viajam em vagões-leito internacionais, naqueles tempos, pessoas vestidas de uma maneira diferente, mas também com roupas muito caras, e que viajavam, agasalhadas com mantas de zibelina, em carruagens forradas de seda; que como agora há pessoas, se não tão ricas, mas bem-vestidas, que viajam na segunda classe e cujo objetivo de vida é conseguir essa possibilidade de viajar nos vagões-leito, assim outrora também havia pessoas que usavam carruagens menos caras e agasalhavam-se com mantas de pele de raposa, e que o objetivo de vida deles era poder adquirir uma carruagem mais cara, e trocar peles de raposa pelas de zibelina; que como agora há pessoas que viajam na terceira classe, sem ter dinheiro para pagar o acréscimo pela velocidade, condenados a sofrer nas tábuas duras do vagão postal, naqueles tempos também havia pessoas sem dinheiro nem cargo, e por isso mordidas durante mais tempo pelos percevejos no banco do chefe da estação; que, afinal, se hoje há gente faminta, miserável, em farrapos, que caminham pelos dormentes, naqueles tempos também havia gente igualmente faminta e miserável, igualmente esfarrapada, caminhando pela estrada real. Há muito tempo apodreceram as sedas, fenderam-se as carruagens e as peles de zibelina foram comidas pela traça, mas as pessoas continuam as mesmas, como se não tivessem morrido e entraram no dia de hoje com o mesmo orgulho mesquinho, com a mesma inveja e a hostilidade E já não existia mais o passado de brinquedo de Stein, diminuído pela locomotiva e pela eletricidade de hoje, porque o passado, aproximado de nós pela força de Burkévitz, adquiria nítidos contornos dos dias de hoje. Mas, voltando novamente aos acontecimentos e novamente introduzindo neles traços de costumes, comparando-os com o caráter e o procedimento de certas pessoas, Burkévitz, com tenacidade e segurança torcia para o lado que ele precisava. Esta curva do seu relato, depois de numerosas e chocantes confrontações, sem entrar em afirmações e, por isso, tornando-se mais convincente, levava à conclusão, que ele mesmo não tirava, deixando que nós a tirássemos, e que consistia em que naquele remoto passado o que não se pode deixar de notar e o que não se pode deixar de ver é a revoltante e sacrílega injustiça: *a disparidade* entre os méritos e os defeitos das pessoas, entre as zibelinas e os farrapos que paramentam uns e outros. Isso no passado. Do presente ele nem fazia alusão, como quem sabia firmemente o quanto bem e a fundo nós conhecíamos essa revoltante disparidade de nossos dias. Mas a teia já estava urdida. Todos nós seguíamos confiantes por suas emaranhadas e inquebráveis varas de aço, simplesmente não podíamos deixar de seguir Burkévitz, e acabávamos chegando à inabalável certeza de que tanto antigamente, nos tempos da tração animal, quanto agora, no tempo das locomotivas, a vida é mais fácil para um homem bobo do que para um inteligente, melhor para um astuto do que para um honesto, mais folgada para um avarento do que para um generoso, mais agradável para um cruel que para um fraco, mais luxuosa para um autoritário que para um submisso, mais farta para um mentiroso do que para um justo, e mais doce para um dado à luxúria do que para um penitente. Que assim era e assim será eternamente enquanto o homem viver na terra.

A classe prendia a respiração. Na sala havia quase trinta pessoas, mas eu ouvia claramente o tique-taque do relógio, proibido pela diretoria, no bolso do vizinho. O professor de História, sentado na cátedra, apertava os cílios ruivos, olhando com o rabo do olho para o livro da classe, e arranhava com os cinco dedos sua barbicha como se dissesse: — *Eta, rapaz finório!*

Burkévitz encerrava seu relato, fazendo menção àquela doença que, desenvolvendo-se durante muitos séculos, pouco a pouco dominava a humanidade e que agora, na época de aperfeiçoamento técnico, contagiou o homem por toda parte. Essa doença é a vulgaridade. A vulgaridade que consiste na capacidade do homem de tratar com desprezo tudo que ele não compreende, e a profundeza dessa vulgaridade

48 *Romance com Cocaína*

aumenta à medida que aumenta a inutilidade e a insignificância daqueles objetos, coisas e fenômenos que neste homem causam admiração.

E nós entendíamos. Era uma pedra acertada na cara de Stein, que justamente nesse instante concentrou-se na procura de algo em sua carteira, sabendo que todos os olhares estavam voltados para ele.

Mas entendendo em quem foi jogada a pedra, nós entendíamos também uma outra coisa: que essa injustiça de relacionamento humano à qual Burkévitz fazia alusão, e que parecia ser irremediável e bem organizada séculos a fio, nem um pouco o desanimava, nem provocava raiva, mas servia de combustível, de uma substância preparada especialmente para ele, e que, despejada dentro dele, não explodia, causando destruição, mas ardia com uma chama regular, tranqüila e forte. Nós olhávamos para seus sapatos gastos, sem engraxar, para suas calças puídas e esticadas no lugar dos joelhos, para as maçãs do rosto, salientes como duas bolas, seus minúsculos olhos cinza e sua testa ossuda debaixo do cabelo rebelde cor de chocolate e sentíamos, sentíamos aguda e irresistivelmente, como fermentava nele e tentava sair uma terrível força russa, para a qual não existem nem obstáculos, nem barreiras, nem muros, uma força de aço, solitária e sombria.

6

Essa luta entre Burkévitz, Stein e Eisenberg, que Stein batizou causticamente de luta da rosa branca contra a rosa suja, luta na qual a enorme vantagem de Burkévitz sentida absolutamente por todos, acabou logo que a opinião unâni-

M. Aguéiev 49

me da classe foi pronunciada em voz alta. Isso aconteceu por um mero acaso.

Um dia, no começo de novembro, de manhã, quando todos estavam sentados nas suas carteiras esperando o professor de História, um aluno da oitava série entrou na sala de aula tão resolutamente que todos ficaram de pé, tomando-o por um professor. Ouviram-se palavrões tão floreados e tão unânimes, que este aluno, ao subir descaradamente na cátedra, abriu os braços num gesto de incompreensão e disse: — *Desculpem-me, senhores, mas eu não entendo o que é isto aqui — uma cela para criminosos, que tomaram seu colega pelo diretor da prisão, ou a sexta série de um colégio clássico de Moscou?*

Senhores, — continuou com extrema seriedade — *peço um minuto de vossa atenção.* Hoje de manhã chegou a Moscou o senhor Ministro da Educação Nacional, e há motivos para supor que amanhã, a qualquer hora, ele nos fará uma visita. Acho que não há necessidade de explicar, porque os senhores mesmos sabem muito bem o quanto é importante para o nosso colégio a impressão com a qual o senhor ministro sairá deste recinto. E também é perfeitamente evidente que a diretoria do colégio não considera possível para si combinar alguma coisa conosco no sentido de prepararmo-nos para tal visita, porém receberá com benevolência caso algo semelhante seja empreendido por nós mesmos. Senhores, gostaria de pedir-vos agora o nome de vosso melhor aluno que esta noite terá de estar presente numa pequena reunião e amanhã, como representante eleito, comunicará à classe a resolução geral, à qual cada um dos senhores, interessado em apoiar a antiga e

50   *Romance com Cocaína*

imaculada honra do nosso glorioso colégio, deverá obedecer sem reservas.

Ao dizer isso, ele levantou um caderninho de notas até os olhos, provavelmente muito míopes, e com a ponta do lápis já no papel, piscando os olhos como as pessoas fazem à espera de um som, acrescentou: — *Então, qual é o nome?*

E a classe, retumbando as vozes de tal maneira que as centenas de moscas zumbiram nos vidros, rugiu: — *Bur-kévitz.* Alguém, de trás, completou carinhosamente: — *sai, Vásika,* — embora não havia para onde sair, nem era preciso. O colegial anotou, agradeceu e saiu depressa. O jogo foi perdido. A luta acabou. Burkévitz tornou-se o primeiro. E como se soubesse que a competição chegara ao fim, (se bem que podiam ter existido outras razões) o professor de História, entrando na sala, sentando-se, e arrastando com raiva os pés pela cátedra, logo chamou Burkévitz, pediu que relatasse a lição do dia e acrescentou: — *Peço-lhe manter-se dentro dos limites do programa colegial.* E Burkévitz entendeu. Começou a dar a lição, discorreu-a no espírito do curso colegial, no espírito da honra imaculada do nosso glorioso colégio e no espírito do senhor Ministro da Educação Nacional, que naquela manhã chegou a Moscou.

— *Se o ranho não fizesse de mim um ser humano, em vez de ser humano eu seria um ranho.* Assim dizia-me Burkévitz nos exames finais, depois que um escândalo com o padre do colégio aproximou-nos um pouco. Mas somente nos nossos últimos dias no colégio, dias da despedida. Antes disso Burkévitz não falava comigo, nem com ninguém em geral. Continuava considerando-nos pessoas estranhas, e durante todo esse tempo e fora do âmbito colegial, disse apenas algumas palavras a

M. Aguéiev

Stein pelo seguinte motivo: um dia, na hora do recreio, a turma que se juntou em volta de Stein começou uma conversa sobre os homicídios rituais e alguém perguntou-lhe com um sorriso cruel se ele, Stein, acreditava na possibilidade e na existência de homicídios rituais. Stein também estava sorrindo, mas quando eu vi seu sorriso, senti um aperto no coração por ele. — *Nós, judeus,* — respondeu Stein — *não gostamos de derramar sangue humano. Preferimos chupá-lo. O que fazer? É preciso ser europeu.* Justamente nesse minuto, Burkévitz, que também estava ali, de repente e de surpresa para todos, pela primeira vez dirigiu-se a Stein: — *Senhor Stein, parece estar assustado com o anti-semitismo neste caso? Mas não devia. Anti-semitismo não é nem um pouco assustador, apenas repugnante, desprezível e tolo: repugnante, porque está dirigido contra o sangue, e não contra a individualidade, desprezível, porque é invejoso apesar de querer parecer desdenhoso, e tolo porque consolida aquilo que se propôs destruir. Os judeus deixarão de ser judeus somente quando ser judeu tornar-se não desvantajoso no sentido nacional, mas vergonhoso no sentido moral. E ser judeu tornar-se-á vergonhoso, quando nossos senhores cristãos tornarem-se, finalmente, verdadeiros cristãos, em outras palavras, gente, que conscientemente piorando as condições de sua vida, para melhorar a vida dos outros, sentirão satisfação e alegria desta piora. Mas, por enquanto nada disso aconteceu, dois mil anos não foram suficientes para isso. Por isso, senhor Stein, é inútil procurar comprar sua duvidosa dignidade rebaixando diante desses porcos o povo, ao qual o senhor mesmo tem a honra — está me ouvindo? — tem a honra de pertencer. E que o senhor sinta-se envergonhado por estar eu, um russo, falando tudo isso a um judeu.*

Eu, estava calado como os outros. E parece, como os outros, pela primeira vez, pela primeira vez em toda minha vida estava sentindo um forte e doce orgulho de ter cons-

52 *Romance com Cocaína*

ciência de que sou um russo, e que entre nós existe pelo menos um como Burkévitz. O porquê e de onde apareceu em mim este orgulho, eu não entendia muito bem. Sabia apenas que Burkévitz disse algumas palavras a Stein, aliás, antes de entender o sentido dessas palavras eu já senti nelas um cavalheirismo diferente, cavalheirismo de humilhação voluntária em defesa de um estrangeiro fraco e infortunado, cavalheirismo este tão peculiar no homem russo em questões nacionais. E já porque nenhum de nós xingou Burkévitz, porque a turma começou a se dispersar, como se não quisesse participar do seu caso indigno, e porque alguns diziam: — *Tá certo, Vásika, muito bem, Vásika, bravo, Vásika* — pareceu-me que os outros estavam sentindo exatamente o mesmo que eu, e que estavam elogiando Burkévitz por aquele sentimento compreensivo de orgulho nacional que ele proporcionou-lhes com suas palavras. Mas quem não tinha nem poderia ter tais sentimentos era o próprio Stein. Com um sorriso raivoso ele virou bruscamente as costas, chegou perto de Eisenberg e, enfiando seus enormes dedos brancos atrás do cinto de Eisenberg, puxou-o para si e começou a falar-lhe ou perguntar algo em voz baixa. Nos primeiros minutos que se seguiram eu experimentava uma certa antipatia por Stein. Mas essa antipatia passou rapidamente porque de repente eu pensei que se naquele tempo, naquele recreio, quando minha mãe viera ao colégio com o envelope, eu me comportei justamente como Stein, renegando-a, achando que estivesse salvando minha dignidade; e que se naquele momento o mesmo Burkévitz estivesse por perto e dissesse que não fica bem para um filho ter vergonha da sua mãe e renegá-la só porque ela é velha, feia e esfarrapa-

M. Aguéiev

da, que o filho deve amar e respeitar sua mãe, amar e respeitar tanto mais, quanto mais velha, mais caduca e esfarrapada ela se tornar – se algo parecido tivesse acontecido naquela hora do recreio, seria bem possível que os mesmos colegiais que me perguntaram quem era o *palhaço* concordariam com Burkévitz e até lhe fariam coro, e com certeza eu, eu mesmo, passaria vergonha naquele momento, e sentiria não tanto esse amor à própria mãe imposto por um estranho, quanto hostilidade àquela pessoa que se intrometera no que não era de sua conta.

Movido por essa afinidade de sentimentos, aproximei-me de Stein, abracei-o fortemente pela cintura e, assim, abraçados, fomos andando pelo corredor.

7

Duas semanas antes dos exames finais, em abril, quando fazia um ano e meio que se desencadeara a guerra contra a Alemanha, todos os colegiais do meu círculo e eu mesmo perdemos todo e qualquer interesse por ela.

Eu ainda lembrava como estivera emocionado nos primeiros dias após a declaração de guerra, e que essa emoção de bravata fora extremamente agradável e até simplesmente alegre. O dia inteiro eu andara pelas ruas, fundindo-me inseparavelmente na multidão, como nos dias de Páscoa e, junto com a multidão, gritava muito e xingava muito e alto os alemães. Mas eu xingava os alemães não porque os odiasse, mas porque minhas injúrias, meus palavrões eram como um prego que, quanto mais apertado, mais profundamente fazia-me sentir essa extremamente agradável comunhão com a multidão ao meu redor. Se naquelas horas alguém me mos-

54 *Romance com Cocaína*

trasse uma alavanca e propusesse puxá-la, dizendo que com isso a Alemanha inteira iria explodir, que os alemães explodiriam mutilados e que com o puxar da alavanca não restaria nenhum deles com vida, eu a puxaria sem pensar duas vezes e com satisfação faria reverências a torto e a direito. Porque eu tinha certeza demais de que se isso fosse realizável e realizado, a multidão iria rejubilar-se bárbara e freneticamente.

É provável, que justamente esse contato espiritual, essa melosa identidade com a multidão, impediram minha imaginação de desencadear-se em sentido diferente, aquele, que surgiu em mim dias depois quando, no meu quartinho escuro, deitado no sofá, imaginei que num cadafalso, no meio de uma praça cheia de gente, trouxeram para mim um branquelo menino alemão, que eu deveria matar com um machado. – *Desce o machado!* – dizem – não – ordenam, – *desce o machado até ele morrer; na cabeça; mata, porque disso depende tua vida, a vida de teus próximos, a felicidade e o florescimento de tua pátria. Se não matar, serás castigado com crueldade.* E eu, vendo a cabecinha loira desse menino alemão e seus suplicantes olhos aguados, jogo o machado para o lado e digo: – *Como queiram, mas eu me recuso.* Ao ouvir minha resposta, a multidão rejubila-se freneticamente e bate palmas. Tal foi meu devaneio alguns dias depois.

Porém, como em minha primeira imaginação, quando aniquilando sessenta milhões com um simples puxar de alavanca, eu não fui motivado pela hostilidade a essa gente, em absoluto, mas pelo suposto sucesso que se me destinava, caso eu realizasse algo semelhante. Assim mesmo, a minha recusa em matar o menino que estava diante dos meus olhos foi motivada não tanto pelo medo de derramar sangue alheio, não

M. Aguéiev

tanto pelo respeito à vida humana, quanto pelo anseio de atribuir à minha personalidade um caráter excepcional que seria tanto mais engrandecido, quanto maior fosse o castigo que me esperava pela minha recusa.

Ao cabo de um mês meu interesse pela guerra esfriou e, se eu, lendo nos jornais que os russos derrotaram os alemães em algum lugar, comentava comigo mesmo com aquecido entusiasmo: — *Bem feito para esses canalhas! Para que foram se meter com a Rússia?* — passado um mês, lendo sobre alguma vitória dos alemães sobre os russos, eu dizia a mesma coisa: — *Bem feito para os canalhas, não deveriam se meter com os alemães.* E dentro de mais um mês um furúnculo que apareceu no meu nariz enfurecia-me e me preocupava se não mais, em todo caso mais sinceramente de que toda a guerra mundial. Em todas essas palavras como guerra, vitória, derrota, mortos, prisioneiros, feridos, nessas palavras lúgubres que nos primeiros dias eram tão vivas e trepidantes como um peixinho na mão, o sangue, com o qual elas foram escritas, secou para mim, e ao secar, transformou-se em tinta tipográfica. Essas palavras eram como uma lâmpada queimada: o interruptor estalava, mas ela não acendia; as palavras eram pronunciadas, mas a imagem não surgia. Eu já nem imaginava que a guerra pudesse ainda emocionar pessoas não atingidas diretamente por ela, e, como havia três anos que Burkévitz não mantinha relações nem comigo, nem com ninguém da classe, nós, evidentemente, não podíamos saber das suas opiniões sobre a guerra, aliás, tínhamos a certeza de que elas não poderiam em absoluto ser diferentes das nossas. O fato de Burkévitz não estar presente na sala de conferências durante a oração pela concessão da vitória não foi notada em geral e lembrada apenas depois de ter acontecido um conflito. No que se refere à sua constante ausência nas aulas de instrução militar, introduzidas no colégio já havia alguns meses, ela interpretava-se ou como indisposição, ou como má vontade de ceder sua primazia, física no caso, ao medíocre Takadjíev, que revelou-se um notável atleta, forte e habilidoso. E presenciando esse terrível conflito, eu, por minha ignorância, nem tinha noção de que as palavras ditas por Burkévitz eram apenas uma trovoada daquele raio que caíra havia muitas dezenas de anos, partindo do ninho da nobreza em Iásnaia Poliana.

8

No último ano de colégio tivemos uma aula vaga. O nosso professor de letras adoeceu e os alunos da nossa classe andavam silenciosamente pelo corredor, procurando não fazer barulho para não perturbar as aulas da sexta e da sétima séries, cujas portas davam para a mesma área. Não tinha ninguém da diretoria. Nosso preceptor, que passou a chamar-nos agora de *universitários daqui a cinco minutos*, confiando em nós, retirou-se para a sala dos professores nos andares inferiores. A maioria dos alunos estava animada: dentro de uns dez dias começariam os exames de formatura, a última etapa colegial.

Perto de uma grande janela de três batentes reuniu-se um pequeno grupo de colegiais tendo Iago ao centro. Alguém do grupo retrucando, interrompeu Iago, e este, pelo visto, irritado, esqueceu-se da necessidade de falar em voz baixa e berrou um palavrão no grito.

Neste mesmo instante muitos já notaram a presença do pároco do colégio e o grupo, do círculo voltado para Iago

M. Aguéiev

começou a formar um semicírculo de frente para o padre. Aliás, ninguém ouviu quando e como ele entrou pela porta.

— *Vós não tendes vergonha, crianças?* — disse ele aguardando que todos notassem sua presença, sem se dirigir a ninguém em particular, e por isso a todos, em tom de censura com sua voz senil e adocicada. — *Pensai,* — continuou ele — *que dentro de alguns anos vés entrareis na vida social da grande Rússia como cidadãos absolutos. Pensai que essas palavras humilhantes, que eu tive a infelicidade de ouvir aqui, são horríveis pelo seu sentido. Pensai que mesmo que o sentido dessas palavras não chegue até vossas consciências, isso não vos justifica e sim, vos reprova mais ainda, porque confirma que essas palavras horrendas são usadas por vós a cada hora, a cada minuto, e que elas, essas palavras, deixando de soar para vós como xingamento, tornaram-se um meio figurativo de vossa fala. Pensai, que vós tivésteis a sorte de estudar a música da poesia de Púshkin e de Lérmontov, e que é essa música, e não outra qualquer, que a nossa pobre Rússia espera de vós.*

À medida que ele falava, os olhos dos colegiais que estavam de frente para o padre tornavam-se obnubilados, impenetráveis: poder-se-ia pensar que todos esses olhos estavam privados de qualquer expressão, se não se soubesse que justamente essa falta de expressão expressava que não foram eles que xingaram e que todas as palavras de censura não se referiam a eles em absoluto. Mas enquanto os olhos e os rostos de todo o grupo ficavam cada vez mais indiferentes e aborrecidos, os olhinhos de Burkévitz, que acabava de chegar silenciosamente, tornavam-se mais vivazes e mais traquinas, os lábios esticavam-se em fino e maldoso sorriso, e as palavras do padre, como agulhas lançadas no semicírculo dos olhos e rostos petrificados, já independentemente da vontade da mão que as lançava, entrelaçavam-se e grudavam num

58 — *Romance com Cocaína*

ponto magnético do sorriso de Burkévitz. Dava a impressão de que foi Burkévitz quem xingou e que as palavras sobre Púshkin e Lérmontov referiam-se inteiramente a ele.

— *Padre,* — replicou Burkévitz com voz baixa e terrível — *o senhor, pelo visto, conhece Púchkin e Lérmontov apenas pelas antologias oficiais e considera desnecessário um conhecimento mais profundo deles, porque ele desmentiria sua opinião.*

— *Sim,* — retrucou o padre com firmeza — *para vós eu considero desnecessário o conhecimento mais amplo desses escritores, como também considero necessário cortar os espinhos da rosa antes de entregá-la nas mãos de uma criança. É isso mesmo. E agora permitam-me lembrar-lhes que as palavras de baixo calão que eu ouvi aqui são inadmissíveis e indignas de um cristão.*

As últimas palavras ele pronunciou com rispidez, ajeitando com sua mão senil, um pouco trêmula, o crucifixo sobre a batina lilás. — *Por que ele continua aqui, por que não vai embora?* — pensei, mas olhei para Burkévitz e entendi. O rosto de Burkévitz emagreceu de repente, ficou cinza e repuxava-se pelo tique, os olhos encaravam o padre com ódio penetrante. — *El vai esbofeteá-lo agora!* — pensei eu. Burkévitz convulsivamente levou os braços para trás, como se pegasse alguém atrás das costas, deu um passo à frente e num tom inesperadamente sonoro e resoluto começou a falar.

— *As palavras de baixo calão, como o senhor teve a gentileza de notar, não são dignas de um cristão. Bem, contra isso ninguém tem objeções. Mas já que o senhor, servidor de Deus, encarregou-se de nos levar para o bom caminho, não leve a mal se eu lhe perguntar — onde, em que, quando e como manifestou o senhor mesmo esses méritos cristãos por nós desconhecidos, e cuja obrigatoriedade de cumprimento o senhor decidiu nos inculcar? A propósito, onde estava o senhor com todos os seus*

M. Aguéiev 59

méritos cristãos, quando dez meses atrás multidões sanguinárias levando trapos coloridos invadiam as ruas de Moscou, multidões das chamadas pessoas que, pela sua sede de sangue e sua estupidez, são indignos de serem chamadas de manada de gado selvagem? — onde estava o senhor, servidor de Deus, naquele dia horrível para nós? Por que o senhor, defensor do cristianismo, não nos reuniu a nós, crianças, como está nos chamando, — aqui, dentro das paredes desta casa, na qual o senhor tomou a liberdade de nos ensinar os mandamentos de Cristo, — onde estava o senhor, e por que, pergunto eu, por que esteve calado no dia em que a guerra foi declarada, no dia em que foi promulgada a lei incentivadora do fratricídio, e de repente começou a falar agora, ao escutar um palavrão aqui? Não seria porque o fratricídio não contradiz tanto, não se desvia tanto do seu conceito de dignidade cristã, quanto o palavrão pronunciado aqui? Eu reconheço: xingar assim, *como aqui se xinga, é inadmissível para um cristão, e o senhor tem razão, tem toda razão, protestando contra a injúria ouvida. Mas onde o senhor, servidor de Cristo, esteve todos esses dez meses, quando a cada dia e a cada minuto das crianças tiravam, e continuam tirando seus pais e das mães — tiram seus meninos e, ao separá-los contra a vontade, mandam para o fogo, para a matança, para a morte? Onde esteve o senhor todo esse tempo, e por que o senhor não protestou em seus sermões contra todos esses crimes, pelo menos da mesma maneira como o senhor fez aqui, por ocasião do palavrão ouvido? Por quê? Por quê? Não seria porque todos esses horrores não contradizem a dignidade cristã? Por que o senhor, digno guardião do cristianismo, teve a insolência de sorrir e fazer acenos estimuladores com sua cabeça sagrada, quando um dia, passando pelo pátio, o senhor viu a nós, suas crianças, sendo ensinados diariamente no manejo de espingarda, ensinados na arte do fratricídio? Para que o senhor sorria com tanto incentivo, olhando para nós? Por que se manteve calado? Não seria porque ensinar crianças a manejar espingardas*

60 *Romance com Cocaína*

tampouco desagrada a sua dignidade cristã? E como ousava o senhor, mascarando-se com o nome de Cristo, desprezar propositadamente os mandamentos Daquele, cujo nome iluminado o senhor usa querendo justificar sua vida miserável, como ousou pedir a Deus que o irmão vencesse seu irmão, que o irmão subjugasse seu irmão, para que o irmão matasse seu inimigo? De que inimigo o senhor fala agora? Não seria, por acaso, daquele sobre o qual o senhor falava com sua doce voz ainda um ano atrás, ensinando que ele deve ser perdoado e amado? Ou, talvez, essa prece sobre a subjugação, a violência, o homicídio e a aniquilação de uma pessoa por outra, também não contradiz seu conceito da dignidade cristã? Acorde, mísero burocrata de igreja, que ficou embrutecido e se encheu de banha às custas do povo; acorde e não se justifique com o fato de que seus colegas correligionários, arriscando a vida lá, nos campos do horror, dão extrema-unção aos moribundos e apaziguam os que estão se esvaindo em sangue. Não se justifique com isso porque tanto o senhor quanto eles sabem muito bem que sua tarefa, seu dever cristão é apaziguar não os doentes, não os que estão perdendo sangue, mas os sãos, que só estão partindo para matar. Não se assemelhem àquele médico que tratava as úlceras de sífilis com o goldcream, *e também não tentem se justificar, dizendo que são complacentes para com esse ato horrendo por lealdade ao monarca ou ao Governo, por amor à pátria ou às assim chamadas armas russas. Não se justifiquem, porque vocês sabem muito bem que seu monarca é Cristo, sua pátria é a consciência, seu governo é o Evangelho, sua arma é o amor. Acordem, então, e ajam. Ajam, porque cada minuto é precioso, porque a cada minuto, a cada segundo estão atirando, matando, tombando. Acordem e ajam, porque todos — as mães e os pais, os filhos e os irmãos — todos, todos esperam justamente de vocês, criados de Deus, que arriscando intrepidamente suas vidas, vocês intervenham nessa ignomínia, e, colocando-se entre esses loucos, gritem bem alto, — alto, porque vocês são muitos, tantos que podem ser ouvidos pelo mundo inteiro: — Gente, parem! Gente, parem de matar! É nisso, é nisso, é nisso que está vosso dever.*

Vendo como Burkévitz agitou o braço de um modo esquisito, tremendo terrivelmente e cambaleando, com a cabeça jogada para trás, passou por nós e saiu pela porta para a escada, eu tinha um único pensamento: — *Está perdido, você está perdido. Eh! Coitado do Vásika.*

Somente após um instante olhei na direção contrária e vi como a batina lilás num lindo arqueamento acariciou o batente da porta e desapareceu.

E no mesmo segundo, quando todos se jogaram uns para os outros, emocionados, falando e agitando os braços, em algum lugar lá em baixo começou um ruído surdo, crescendo ameaçadoramente, como se a água do mar irrompesse no prédio, o ruído ia subindo, fazia tremer as janelas, as paredes, o chão, e, finalmente, também em nosso corredor esse ruído estourou em ribombo ensurdecedor abrindo as portas da sexta e da sétima séries. A aula acabou-se.

9

Para não comunicar os detalhes deste extraordinário acontecimento às duas séries inferiores que encheram o corredor na hora do recreio, todos nós entramos na classe.

— *Mas ele é um idiota, um perfeito idiota!* — dizia Stein, colocando no ombro de Iago sua mão branca, que no tecido preto parecia uma mancha de creme de leite derramado.

— *No, Stein, você não se meta, meu caro* — disse Iago afastando-o. — *Você é, pode-se dizer, europeu, mas o caso aqui é asiático. Entenda, a interpretação do Talmude não foi violada, portanto você não deve se alvoroçar.*

62   *Romance com Cocaína*

Iago esperou que Stein, com ar ofendido, chegasse à sua carteira e, em voz baixa , dirigiu-se à turma agitada, que se agrupou perto da janela.

— *Mas isso é de se ficar admirado* — disse Iago — *o quanto nossos judeus adoram o clero: não se pode tocar no pope, por Deus, senão todos os judeus se amotinam.*

— Tamanha *caencedência* — balançou a cabeça Takadjíev, mas ninguém riu. No grupo estava se passando uma acalorada troca de opiniões. Porém ninguém tinha chance de falar até o fim; emocionados, todos interrompiam, discutiam, refutavam. Alguns diziam que Burkévitz tinha razão, que ninguém precisava dessa guerra, que ela é perniciosa, só é vantajosa para generais e intendentes. Outros, que guerra é uma causa gloriosa, que se não houvesse guerras não haveria a Rússia e o caso não é de cair na choradeira, mas de bater-se. Outros ainda diziam que, embora a guerra seja uma coisa terrível, na situação atual ela é necessária e que, se um cirurgião decepciona-se com a medicina durante uma operação, isso não lhe dá o direito de não terminar a operação, ir-se embora, abandonando o doente. E havia aqueles que diziam que apesar dessa guerra ter sido imposta, e o nome de um grande país não permitir tomar iniciativa em negociações de paz, a idéia de Burkévitz era correta e que o clero do mundo inteiro, partindo dos princípios comuns do cristianismo, mesmo correndo o risco de ser perseguido pela lei marcial, deveria protestar e lutar contra a continuação da guerra. Iago pronunciou-se contra essa última opinião:

— *Eh, rapazes,* — dizia ele — *de quais princípios do cristianismo vocês estão falando? Já que Burkévitz preza tanto esses tais princípios cristãos, por que então, permitam-me perguntar, não trocou nem uma*

M. Aguéiev 63

única palavrinha conosco durante esses três anos? Três anos, pensem só! E, afinal, que mal nós lhe fizemos quando rimos dele? Vendo aquele ranho até cavalos dariam gargalhadas. Deus que me perdoe, nunca vi ranho daquele tamanho em toda minha vida! Por que então ele olha para nós como lobo, tentando morder a cada momento? Não, meus caros, o negócio aqui é outro. Ele precisa dessa guerra, pode-se dizer, como do ar. Não é o cristianismo que lhe interessa, mas a violação dele, porque o que ele quer é revoltar-se, canalha. É isso que é.

Eu ficava a uma certa distância, tentando resolver para mim mesmo: como pôde acontecer que Burkévitz, o melhor aluno do colégio, ganhador indubitável da medalha de ouro, como pôde se dar que este Burkévitz esteja arruinado? Que ele estava arruinado, era evidente, porque lá em baixo, hoje mesmo, talvez agora, estão convocando o conselho pedagógico, que, com certeza, o jogará fora unanimemente com a carteira de lobo [Na Rússia czarista – carteira de identidade para indivíduos renegados pela sociedade: criminosos, condenados ao exílio ou politicamente malvistos. N. do T)]. Então – adeus à Universidade. Que desgosto deve ser para ele mesmo, *especialmente* porque isso ocorreu quando faltavam apenas dez dias para os exames de formatura. Eu sempre sentia que uma pessoa vive seu desespero de modo tanto mais agudo quanto mais ela se aproxima do objetivo final que lhe escapa de repente, embora entendesse perfeitamente que a *proximidade* do objetivo não significa em absoluto a certeza maior de seu alcance que qualquer outro ponto mais afastado desse objetivo. Neste item, meu sentimento começava a se separar da razão, a prática da teoria, quando o primeiro coexistia de igual para igual com a segunda, e quando ambos – a razão e o sentimento – não eram capazes nem de se unirem, fazendo as pazes, nem vencer um ao outro, lutando.

64 — *Romance com Cocaína*

Mas como podia acontecer uma coisa dessas com Burkévitz? E o que foi isso? Cálculo premeditado ou loucura momentânea? Eu lembrava o sorriso provocador com o qual Burkévitz atraiu para si as palavras do padre e concluía: foi um cálculo premeditado. Lembrava de sua cabeça balançando, seu andar de bêbedo e mudava a conclusão: foi uma loucura momentânea.

Sentia um forte desejo de olhar para ele, e essa força que me empurrava para Burkévitz compunha-se de três sentimentos num sutil entrelace: o primeiro era uma cruel curiosidade de ver uma pessoa com a qual aconteceu uma enorme desgraça; o segundo, um sentimento de bravata por ser meu procedimento um caso único, porque ninguém da classe nem pensava chegar perto daquele que já era considerado empestado; o terceiro era o sentimento que servia de musculatura para os dois primeiros: a certeza de que a minha aproximação e até uma conversa com Burkévitz não acarretaria para mim nenhum aborrecimento da parte da diretoria. Pelo relógio faltavam dois minutos para terminar a hora do recreio. Ao sair da sala de aula e, passando às cotoveladas pelo corredor, tomado pelo barulho desordenado do bater dos pés, dos gritos e do zumbido de vozes, alcancei o patamar da escada. Fechei a porta atrás de mim, os gritos e a pateada pararam, enganando o ouvido e voltando dentro de um instante como um ruído espesso e surdo. Olhei à minha volta .

Escada abaixo, perto da solitária que estava fora de uso já há dez anos e tinha um cadeado vermelho de ferrugem na porta, estava Burkévitz. Ele estava sentado num degrau, de costas para mim. Pernas escarranchadas, cotovelos apoiados nos joelhos, cabeça caída nas mãos. Silenciosamente, na pon-

M. Aguéiev

ta dos pés e bem devagar, comecei a descer, sem tirar os olhos de suas costas. Elas estavam arqueadas em corcunda, e, como dois objetos pontiagudos enfiados debaixo de um tecido esticado, delineando-se os omoplatas; e nessas costas encurvadas, nesses omoplatas salientes estavam juntos a impotência, a resignação e o desespero. Cheguei de mansinho, procurando não ser visto por ele, e pousei a mão no seu ombro. Ele não estremeceu, não descobriu o rosto. Apenas encorcundou-se mais ainda. Olhando sempre para suas costas, cautelosamente passei minha mão do ombro para seus cabelos. E logo que toquei os tépidos cabelos, senti que dentro de mim aconteceu algo, e que se alguém visse esse algo, eu estaria envergonhado.

Olhei para trás de tal modo que não parecesse que estava espionando, e, ao certificar-me de que não havia ninguém na escada, passei carinhosamente minha mão pelas mechas cor de chocolate, duras e rebeldes. Isso foi agradável. Senti-me em seguida tão leve e tão terno, que de novo e de novo passei a mão por seus cabelos. Sem levantar o rosto afundado nas mãos, e por isso sem poder ver quem estava perto acariciando seus cabelos, Burkévitz, de repente, pronunciou em som surdo através das mãos: – *Vadim?* Com alma cristalina, agachei-me em seguida e sentei junto dele. Burkévitz disse *Vadim*, chamou-me pelo nome, e o fato de ele ter feito isso, sem ver quem aproximara-se dele, significava para mim ter sido notado pela primeira vez não por ser um galhardo desalmado, mas pela sensibilidade e ternura do meu coração. Meus dedos contraíram-se, agarraram os cabelos duros e quentes na raiz e, dando um forte puxão, tirei o rosto de Burkévitz da concha das mãos que o escondiam e virei esse rosto para mim, olho no olho. Bem de perto eu via agora diante de mim esses pequenos olhos cinza, estranhamente mudados por causa do couro cabeludo puxado para a nuca, onde minha mão segurava os cabelos. Por um segundo estes olhos, sombrios em seu sofrimento, me fitaram e, finalmente, não conseguindo, pelo visto, segurar as duras lágrimas masculinas, colocando uma furiosa prega entre as sobrancelhas sumiram debaixo das pálpebras. Mal se fecharam, soou uma voz desconhecida para mim, um latido: – *Vadim.* – *Você.* – *Querido.* – O ú... nico. – *Acredite.* – *É tão...* – *penoso. Eu.... de todo.... coração... Acredite.* E eu, pela primeira vez, sentindo fortes mãos masculinas me abraçando e prensando minhas costas, pela primeira vez apertando a minha face contra uma face masculina, dizia com uma voz grossa, praguejante: – *Vássia, ...sou...teu...teu...* – *ami-go* – queria eu completar, o *a* eu talvez poderia pronunciar, mas no *mi* tive medo de pôr-me a chorar. Empurrei Burkévitz severamente, fazendo balançar seu rosto que com sua palidez, os olhos fechados e o nariz curto parecia a máscara mortuária de Beethoven, – eu, com um pavor impassível dando-me conta daquela coisa terrível que eu pretendia fazer, atirei-me escada abaixo. Eu corria voando, como correm à procura de um médico para o amigo que está morrendo, corria não porque o médico pode salvar, mas porque neste movimento, nesta perseguição diminuiria a vontade de experimentar eu mesmo aqueles sofrimentos, cujo aspecto suscitou esse totalmente insuportável sentimento de piedade. A escada terminou. No refeitório do subsolo os pés procuram se adaptar aos ladrilhos escorregadios azuis e brancos. Na última janela uma réstia do sol fere os olhos e logo surge a escura umidade do vestiário, as solas grudam no seu piso asfaltado parafusando o chão com segurança. E de novo escada, para cima. Já sei o começo: — *Como um verdadeiro cristão levo a vosso conhecimento...* e depois, não tem importância, depois tudo correrá às mil maravilhas. Às mil, às mil, — erguendo a perna por sobre cada três degraus — maravilhas — grasnando no empurrão.

Subir a escada vencendo três degraus, ainda tão altos como em nosso colégio, obrigava-me a estirar o corpo e a inclinar a cabeça para baixo. Por isso não vi que, no patamar de cima, estava me observando e aguardando, já fazia tempo, o diretor do colégio, Richar Sebastiánovitch Keiman, com seu olhar de serpente e com sua sobrecasaca de enterro. Somente a alguns degraus eu vi os postes de suas pernas crescendo diante dos meus olhos, o que me jogou para trás como se atirassem contra mim, mas não acertassem.

Em silêncio ele olhava para mim com seu rosto cor de framboesa e com sua barba preta em ponta. — *qui qui há com vociê?*, — perguntou finalmente ele. Seu *qui qui* de desdém e de ódio em lugar de *o que é que*, fazendo seu beiço sair de baixo do bigode, como se fosse para dar um beijo, era aquele botão que fazia parar nossos corações durante oito anos.

Eu estava vergonhosamente calado. — *Qui qui há com vociê?*, — repetiu Keiman, levantando a voz de um barítono desdenhoso para um tenor nervoso e tenso.

Meus braços e minhas pernas tremiam. Senti no estômago a já conhecida pedrinha de gelo. E continuei em silêncio.

— *Eo quera sabe, qui tá acontacendo com vacê* — gritou Keiman com um falsete estridente, mudando as vogais para *a* com medo de perder a voz. Seus berros, refletindo dos tetos de pedra, subiam como biela pela escada principal de mármore.

68   *Romance com Cocaína*

Enquanto eu, nos intervalos entre os gritos do diretor, tentava em vão suscitar em mim o sentimento de pena por Burkévitz, agora cada vez menos compreensível e totalmente seco, mas que me trouxera alí, sentia ao mesmo tempo dentro de mim uma força crescente, força de uma raiva feroz do avermelhado Keiman que ficava gritando contra mim. E, compreendendo com alegria que essa raiva me daria a embriaguez necessária para não passar vexame e para dizer justamente aquelas palavras que eu pretendia dizer. Vagamente eu me dava conta de que, embora as palavras continuassem as mesmas, a *causa* do uso delas mudou sob a influência da mudança dos sentimentos porque antes eu queria pronunciá-las para causar dor a mim mesmo, e agora — única e exclusivamente para ofender e causar dor a Keiman com a expressão do meu rosto, com a vibração da voz, dando a cada palavra o sentido de uma bofetada na cara vermelha do diretor... mas justo naquele instante, quando eu já estava me sufocando de ódio e de raiva, um peso quente de uma mão colocada na minha nuca interrompeu-me. Em seguida, com o canto do olho, vi o peito lilás e o crucifixo dourado levantando-se e subindo como um martelo.

— *Perdoe-me, Richar Sebastánovitch, minha intromissão* — disse o padre, cujo enrugado rosto de nariz arrebitado dobrava-se e flutuava nos meus entortados olhos. Ele deveria estar me procurando.

Ao dizer isto, o padre abraçou meus ombros com a mão, balançou os olhos em minha direção, depois olhou para o diretor e significativamente semicerrou os olhos. — *Nós te-*

mos um pequeno assunto a resolver, não tem nada a ver com o colégio.
Ele veio à minha procura.

De repente, o chefão Keiman tornou-se um *bon vivant.* — *Mas pelo amor de Deus, reverendo, eu não estava sabendo disso. Por favor, me desculpe.* E fazendo para o meu lado um largo gesto convidativo, com o qual anfitriões hospitaleiros chamam à mesa cheia de iguarias, Keiman virou as costas, desabotoou a sobrecasaca, pôs as mãos nos bolsos e, balançando e arrastando os pés como quem faz rapapé, aproximando-se de uma dama para sair valsando com ela, foi até a escada de mármore e começou a subir, vergando-se penosamente.

Neste meio tempo o padre virou-me de frente para ele e pôs suas mãos em meus ombros, unindo-me consigo neste movimento como que com duas barras paralelas, das quais as largas mangas de sua batina pendiam como bandeiras enroladas. Agora eu estava de costas para Keiman, que estava subindo, mas observando os olhos do padre direcionados para a escada, entendi que ele aguardava Keiman subir e desaparecer na virada.

— *Diga-me,* — passando finalmente o olhar da escada para mim, o padre dirigiu-me a palavra — *diga-me agora, meu filho. Por que você queria fazer isto?* Na palavra *isto* suas mãos apertaram levemente meus ombros. Mas eu, já apaziguado e por isso confuso, não respondi.

— *Não quer falar, meu filho. Bem... permita-me então responder por você e dizer que você considerou inadmissível continuar ileso enquanto seu amigo, como você pensa, está se arruinando em nome da verdade de Cristo, porque para você esta verdade é mais importante que o conforto de sua vida. É isso, não é?*

Embora nesse meio tempo eu estivesse pensando que não era nada disso, e que de tal suposição eu até me sentia envergonhado, uma complicada mistura de cortesia e respeito a esse ancião induziu-me a confirmar suas palavras com um aceno de cabeça.

— *Mas já que você se decidiu a tal passo* — continuou ele — *você certamente não tinha dúvida de que a primeira coisa que eu ia fazer era queixar-me, levar ao conhecimento de todo mudo aquilo que ocorreu lá em cima. Não é assim, meu filho?*

Apesar de que essa suposição correspondia muito mais à verdade de que a primeira, a mesma mistura de cortesia e de respeito segurou-me da mesma coisa à qual a primeira pergunta me induziu. E não confirmando a razão que tinha sua suposição nem com um aceno de cabeça, nem com a expressão do rosto, eu contemporizava olhando em seus olhos.

— *Neste caso*, disse o padre, fitando-me com os olhos dilatados de um modo diferente — *neste caso você se enganou, meu filho. Vá ao seu amigo e diga-lhe que aqui eu sou um sacerdote* (ele apertou meus ombros), *e não um delator, não*. E o padre, ficando de repente mais velho ainda, como se perdesse toda sua firmeza, com uma voz que ia se apagando cada vez mais, disse ainda: — *E ele... que Deus lhe seja juiz por ter ofendido o velho; é que nesta guerra...*(bem baixinho como se comunicasse um segredo) *meu filho...* (e já sem voz, sussurrando com os lábios)... *foi morto...*

Ainda bem no começo da conversa com o padre, a proximidade de seu rosto barbudo, à qual me obrigavam suas mãos colocadas em meus ombros, desagradava-me e por isso parecia-me o tempo todo que elas estavam me puxando. Agora, porém, eu tive a sensação de que suas mãos me empurravam, tão irresistível era a vontade que eu tive de chegar mais perto dele. Mas o reverendo tirou de repente suas mãos dos meus ombros, e desviando seus olhos cheios de lágrimas com ar de zangado, foi embora pelo corredor, evitando a escada.

Dois sentimentos, dois desejos estavam agora dentro' de mim: o primeiro era apertar-me contra a face do padre, beijá-lo e chorar de ternura; o segundo era ir correndo até Burkévitz, contar-lhe tudo e rir com crueldade. Esses dois desejos eram como o perfume e o fedor: não se neutralizavam e, sim, acentuavam um ao outro. A diferença entre eles consistia apenas em que o desejo de apertar-me contra a face do padre tornava-se tanto mais fraco quanto mais o padre afastava-se pelo corredor, e o torturador desejo de contar a boa notícia apresentando-me como herói, tornava-se mais forte à medida que eu, subindo a escada, aproximava-me do lugar onde tinha deixado Burkévitz. Embora sabendo que o excesso de entusiasmo e de pressa prejudicasse muito meu mérito de heroísmo, não pude me conter e soltei tudo em três palavras. Só que Burkévitz não entendeu nada, pelo visto, e com um olhar distante e cansado do sofrimento, dirigido por cima da minha cabeça, pediu distraidamente, como se fosse para constar, que eu repetisse. Então, com mais tranqüilidade e mais detalhes, comecei a contar-lhe como foi tudo. E aí, enquanto eu contava, com Burkévitz começou a acontecer a mesma coisa que eu havia visto outrora, observando uma partida de dois enxadristas: Enquanto um deles matutou e fez uma jogada no tabuleiro, o outro, sem olhar para o tabuleiro, conversava com pessoas sentadas perto e gesticulava, aparentemente aflito ou indignado com alguma coisa. Alguém interrompeu-o, dizendo que o adversário já fez a jogada, ele calou-se e começou a olhar para o tabuleiro. No início, o rabinho daqueles pensamentos que ele não terminou de expor ainda brilhava em seus olhos. E quanto mais ele olhava para o tabuleiro, mais tensos tornavam-se seus olhos, e a atenção, como água no mata-borrão, apossava-se do seu rosto. Sem tirar o olhar do tabuleiro, ele ora coçava a nuca, fazendo careta, ora pegava na ponta de seu nariz, ora fazia beiço, levantava as sobrancelhas, mordia o lábio, ficava carrancudo. O rosto dele ia mudando, mudando, nadando, nadando não se sabe aonde e, finalmente, tranqüilizou-se, pôs *um* ponto final em seus esforços e sorriu com um sorriso brejeiro de aprovação. Apesar de não entender nada de xadrez, apenas observando esse homem, eu sabia que com esse seu sorriso ele rendia homenagem ao adversário e que no jogo tinha acontecido algo inesperado, e — o que era mais importante — algo que irremediavelmente impedia sua vitória.

SÔNIA

1

Os bulevares eram como gente: na juventude, provavelmente, parecidos, depois, iam mudando aos poucos, dependendo do que fermentava neles.

Havia bulevares onde o açude cercava-se por uma rede de varas entrelaçadas, vermelhas e compridas e a água tinha manchas tão oleosas perto da beira, como água numa panela engordurada. Na superfície verde do açude, flutuavam, como vapor de locomotiva, nuvens que se enrugavam quando alguém passeava de barco e, ali por perto, num cercado grande, mas com bordas baixinhas, sem tampa e sem fundo, cheio de areia, pululavam crianças, esgravatando. Nos bancos havia babás sentadas, tricotando meias, governantas e mães lendo livros, e a brisa fazia passar a sombra do desenho da folha-

76   *Romance com Cocaína*

gem por seus rostos, joelhos e pela areia, como se balançasse um papel de parede.

Havia bulevares barulhentos, onde tocava-se música militar e, na superfície lustrosa das tubas de cobre, entrava um bonde nadando pelo céu como um lagarto vermelho; onde sentia-se um pouco de vergonha, quando, aos sons de uma brava marcha, os pés acertavam seu ritmo belicoso, como se acerta, sem querer, uma fossa séptica; onde faltavam bancos e perto da música colocavam-se cadeiras dobráveis com pés verdes de ferro e assentos de ripas de um amarelo vivo, cujas fendas deixavam marcas de listras escalonadas nos casacos; e onde, no final da tarde, quando as tubas cantavam sobre o *Fausto*, os sinos da igreja vizinha começavam seu repique fino e agudo, como que avisando o estouro aveludado do trovão de cobre, com o qual a valsa dos cornetistas soava de repente insuportavelmente falsa.

E havia bulevares tristes à primeira vista, sem o ser. Ali a areia cinzenta como poeira já estava tão misturada com casca de sementes de girassol, que era impossível tirá-la; ali, os mictórios, em forma de embrulho cônico meio aberto, solevantados sobre o chão exalavam um longínquo cheiro que fazia arder os olhos; à noite, apareciam ali umas velhotas maquiadas, vestidas de farrapos e que, com suas vozes de gramofone, roucas e sem vida, esbanjavam amor por vinte copeques; ali, de dia, as pessoas não passeavam, mas caminhavam rápido como se anda pelas ruas, caminhavam sem dar atenção à argola rasgada, num salto, pela beldade de malha, cuja coxa cor de pêssego atravessada por um prego, mantinha essa tentação circense e, se alguém sentava-se no banco vazio e empoeirado, era apenas para descansar de uma carga pesada, ou para empanturrar-se com os palitos de Lapchin, ou para, após ter engolido algum ácido do frasco farmacêutico, torcendo-se de dores, cair em seguida de costas e de tal maneira que pudesse ver em cima de si pela última vez esse ralo céu moscovita.

Já era verão. Os exames de formatura tinham acabado havia tempo, mas ficava cada vez mais difícil aferventar dentro de mim o entusiasmo por ter-me finalmente tornado universitário. Comecei a sentir-me bastante incomodado pela ociosidade mais do que pela agitação anterior recompensada por ela. Somente uma ou duas vezes por semana, quando me surgiam alguns rublos suficientes para pagar o cocheiro e o quarto, eu saía.

Esses alguns rublos, que chegavam a quarenta por mês, pesavam muito na vida da minha mãe. Já era absurdo ela usar durante muitos anos o mesmo vestido, cerzido constantemente, que se desmanchava e cheirava mal, e os mesmos sapatos com os saltos gastos e tortos que faziam doer mais ainda suas pernas inchadas. Mas quando tinha dinheiro, ela me dava com prazer. Eu o pegava com ar de quem recebe no caixa do banco uns míseros trocados, com uma desatenção condescendente que comprova a altura de sua conta corrente. Nós nunca saíamos juntos para a rua. Eu nem tentava dissimular a vergonha que tinha de sua roupa esfarrapada (mas escondia a vergonha de sua feia velhice), e ela sabia disso. Ao cruzar comigo na rua uma ou outra vez, olhava para o lado com seu sorriso bondoso como que me desculpando, para não me obrigar a cumprimentá-la ou a aproximar-me dela.

Nos dias em que me aparecia o dinheiro, eu saía, mas sempre à noite, quando em alguns lugares acendiam-se lampiões, um sim, outro não, as lojas já estavam fechadas e os bondes

78 — Romance com Cocaína

quase vazios. De calça colante em fazenda sulcada, com presilhas, fora de moda havia muito tempo, mas que delineava minhas pernas bem demais para ser dispensada, de boné largo que caía dos lados como abas de um chapéu feminino e de uniforme com gola tão alta que formava uma papada. Empoado feito palhaço e com vaselina besuntada em volta dos olhos, andava eu pelos bulevares, tocando com o olhar, como com um ramo, todas as mulheres que encontrava no caminho. Nunca despia nenhuma delas com o olhar, como se costuma dizer, e, tampouco, experimentava lascívia. Caminhando naquele estado febril, no qual algum outro talvez escrevesse poesias, eu procurava tenazmente os olhos femininos, esperando encontrar em resposta um olhar também alargado e terrível. Nunca me aproximava das mulheres que respondiam com um sorriso, sabendo que um olhar como o meu podia ser respondido com sorriso só por uma prostituta ou por uma virgem. Nessas horas da noite, nenhum desnudamento corporal poderia assim de uma vez secar a garganta e fazê-la tremer, como aquele olhar feminino, horripilante e raivoso, que deixa entrar até o fundo, olhar fustigante de um carrasco — olhar como o roçar dos órgãos genitais. E quando acontecia um olhar desses, porque mais cedo ou mais tarde ele acontecia sem falta, eu me voltava no mesmo instante, alcançava a mulher que me olhara e cumprimentava-a levando a mão de luva branca à pala preta. Esse olhar que a mulher e eu lançáramos um para o outro parecia ser o de duas pessoas que juntas tinham matado uma criança uma hora antes, um olhar que já dizia tudo definitivamente, deixava tudo claro e não havia mais nada do que falar. Mas, na realidade, a coisa era muito mais complicada e, aproximando-me da mulher e proferindo uma frase, cujo sentido

M. Aguéiev

sempre parecia ser a continuação de uma conversa recém-interrompida, eu me via obrigado a falar e falar mais para conseguir crescer e transmitir a *cordialidade* do nosso relacionamento até sua junção com a sensualidade do nosso primeiro olhar sinalizante. Assim, na escuridão do bulevar, nós caminhávamos lado a lado, hostilmente atentos, ao mesmo tempo necessários um ao outro, e eu dizia palavras cuja afeição parecia tanto mais verossímil quanto menos verídicas elas eram. Quando, finalmente, guiado por aquela estranha certeza de que a cautela na hora de apertar o gatilho faria o disparo menos ensurdecedor, eu, de passagem, como que por acaso, propunha ir a um hotel por uma horinha, só para bater papo, evidentemente, apenas porque *está muito frio*, hoje, ou, dependendo das circunstâncias, *muito abafado*, e já pela recusa (que se seguia quase sempre), aliás, pelo tom da recusa – fosse ele emocionado, indignado, tranqüilo, desdenhoso, tímido ou titubeanteeu sabia se valia a pena pegar a mulher pelo braço e continuar insistindo, ou se era melhor virar as costas e ir embora sem me despedir.

Às vezes, acontecia, que, quando eu corria atrás de uma mulher que acabava de me esbarrar e de me chamar com seu terrível olhar, uma outra vindo na multidão ao meu encontro também lançava para mim o mesmo olhar francamente chamativo e assustador. Indeciso e obrigado a fazer uma escolha rápida, eu parava, mas, ao notar que a segunda virava a cabeça, ia atrás dela, ao mesmo tempo sempre olhando para trás, para a primeira que se afastava na direção contrária, e ao notar que ela também virara a cabeça, comparava de novo as duas e, sem ter alcançado a segunda, mudava de rumo novamente, corria atrás da primeira que já ia lon-

80   *Romance com Cocaína*

ge, e, não a encontrando na maioria das vezes, empurrava as pessoas que vinham ao meu encontro, atrapalhando-me. Agitava-me essa busca e quanto mais eu me agitava, quanto mais procurava, mais acreditava com toda sinceridade que somente ela, justamente ela, que tinha me chamado, que tinha olhado para trás e sumido nessa maldita multidão, era aquela perfeição e aquele sonho que, como qualquer sonho, eu não alcançaria e não encontraria jamais.

A noite que começava por um malogro pressagiava toda uma seqüência deles. Depois de três horas de idas e vindas pelos bulevares, depois dos fracassos, quando um fracasso condiciona o outro, porque, a cada nova recusa, eu perdia mais e mais aquela astúcia paciente e fogosa, tornando-me grosseiro e, com essa grosseria, descarregando em cada nova mulher a vingança por todo o ultraje de meus malogros com suas precedentes, eu, cansado, exausto nessas caminhadas, com os sapatos brancos de poeira e a garganta seca de ofensas, não apenas perdia qualquer desejo lascivo, mas sentia-me assexuado como nunca, e, mesmo assim, eu continuava vagando pelos bulevares, uma amarga teimosia tomava o freio nos dentes, uma ardente dor de repudiado injustamente prendia-me e não me deixava voltar para casa. Esse sentimento penoso, eu o conhecia desde a infância. Um dia, quando eu era ainda menino, apareceu na nossa primeira série um aluno novo, de quem gostei muito mas, sofrendo de vergonha já naquela época para manifestar meu lado afetivo, não sabia como chegar perto e fazer amizade com ele. Eis que uma vez, na hora do lanche, quando esse menino tirou pacotinhos e desembrulhou seu pãozinho, eu, querendo iniciar o relacionamento por uma brincadeira, aproximei-me e fiz um gesto como que ameaçando

M. Aguéiev

arrancar-lhe seu lanche. Porém, para minha surpresa, o novo aluno esquivou-se, assustado, ficou vermelho de raiva e xingou-me. Então, esforçando-me para manter o sorriso, ruborizado de vergonha e querendo salvar a dignidade desse meu sorriso já sem graça, eu repeti o gesto como se quisesse mesmo assim arrancar-lhe o lanche. O novo aluno levantou a mão e me bateu. Ele era mais velho e mais forte que eu e me bateu. Depois, sentado longe num cantinho, eu fungava e chorava; minhas lágrimas eram sobretudo amargas, não porque sentia dor em algum lugar, mas porque fui espancado por causa de um pãozinho de três copeques, que eu quis pegar não para tirá-lo, mas como pretexto para dar minha amizade, dar uma parte de meu coração. Era nesse estado surrado que eu vagava freqüentemente nas longas noites moscovitas, e quando, à medida que os bulevares tornavam-se mais desertos e minhas exigências à aparência da mulher procurada baixavam respectivamente, eu encontrava, finalmente, uma puta miserável, disposta a tudo naquela hora da madrugada fria e rosada. Chegando à porta do hotel, eu, resignado, já não queria nada dela, e se alugava um quarto, fazia isso mais por sentimento de compromisso com a mulher, do que por prazer para mim mesmo. Aliás, talvez isso não fosse verdade, porque justamente naqueles minutos, surgia finalmente dentro de mim a sensação clara de volúpia, que, como eu supunha, guiava-me a noite toda.

2

Isso aconteceu em agosto, quando Iago, voltando de Kazan, veio diretamente da estação de trem para apanhar-me, acordou-me com sacudidelas, obrigou-me a vestir-me e arrastou-me consigo. O cocheiro, alugado na estação, que o esperava embaixo, certamente, não era dos melhores. O cavalo abatido era pequeno para a caleche muito alta sobre pneus de automóvel e que adernava bastante para meu lado. Os pára-lamas laqueados da caleche estavam rachados e a vermelha podridão da ferrugem abria-se em fendas. Iago vestia um terno cinza-claro, com mangas enrugadas, provavelmente, por causa da mala e um panamá branco com fita tricolor. Seu rosto estava amarelo com manchas vermelhas como queimaduras de urtiga, debaixo dos olhos, nos cantos deles e nos pêlos claros das sobrancelhas tinha sujeira do vagão. Eu fixava a vista nos ciscos de carvão, pretos e úmidos, que estavam nos cantos dos olhos dele, experimentando um desejo doentio de tirá-los de lá com o dedo enrolado no lenço. Mas Iago entendeu meu olhar de outra maneira. Ele não parava de levantar o braço com a bengala pendurada por cima da manga que descia a cada instante e, dobrando para baixo a aba do panamá ondeada pelo vento, sorriu para mim com seus lábios corados. *Continua bonitão!* — gritou-me contra o vento — *porém estou vendo* — o vento arrebitou a aba de seu panamá novamente — *estou vendo pelos seus olhos o eterno tédio da penúria.* E balbuciando algo parecido com — *não me leve a mal* — ou outra coisa desse gênero, Iago, fazendo careta e deslizando as costas para poder meter a mão no bolso, sacou um rolo de notas de cem rublos, arrancou dele uma nota, amarfanhou-a e enfiou-a na minha mão. *Pegue, pegue* — gritou ele com zanga para prevenir minha recusa, — *pois estás pegando de um russo, seu cabeça tonta, e não de um europeu qualquer.* Em seguida, começou a falar sobre Kazan e sobre seu pai, que ele chamava de paizão, e, de repente, ficou mais fácil conversar porque a caleche tinha entrado na faixa de asfalto e deslizava como se fosse na manteiga. Com essa sensação rivalizava o

M. Aguéiev

bater dos cascos, que se acelerou muito, parecendo que o cavalo estivesse a ponto de escorregar. No entanto, eu não me sentia bem. Esses cem rublos, tão inesperados e agradáveis para mim, tornaram-me humilhantemente dócil no trato com Iago, por mais que eu resistisse a isso no meu interior. Com uma atenção exagerada, eu ouvia o relato muito sem graça sobre o paizão, cedia com solicitude lugar para Iago, que, por causa do adernamento, deslizava para meu lado. Resistindo por dentro e ao mesmo tempo submetendo-me cada vez mais a essa vil necessidade, que não apenas não partiu da minha vontade, mas até era-lhe simplesmente contrária, eu sentia com uma clareza humilhante que a cada instante estava perdendo aquele ar independente de zombador, com que eu sempre tratei Iago; que eu estava perdendo minha personalidade à qual, no fundo, foi dado este dinheiro. Sentia ainda que essa minha verdadeira personalidade estava bem perto dentro de mim e que eu a recuperaria logo que me livrasse, não do dinheiro, dele eu estava precisando, mas da presença de Iago. Mas ir embora era impossível, e, aproveitando uma brincadeira grosseira de Iago, soltei uma risada tão nojenta, que eu daria uma bofetada na minha própria cara com muito prazer, e meti o dinheiro no bolso com um gesto perfeito de quem acabou de roubá-lo.

Vodka, nós bebemos num restaurante, tipo taberna, cujo nome *Águia*, tipicamente russo, destacava-se em letras brancas no fundo amarelo reverberando em verde. O criado servia vodka numa chaleira branca e cada vez eu olhava com inveja como Iago a tomava de uma xícara de chá. Ele despejava a vodka na boca, sua garganta não a engolia em absoluto e o rosto, em lugar de se contrair, tornava-se tal como se algo radiante entrasse nele.

Eu não sabia beber assim. Para mim, era extremamente desagradável a úmida queimadura da vodka, especialmente no primeiro gole, quando a boca e a garganta em chamas esfriavam-se pela respiração e adquiriam o repugnante hálito de álcool. Eu bebia vodka porque a bebedeira era considerada um dos elementos da braveza e também para provar, a não sei quem e não sei para quê, a minha força: beber mais do que os outros e ficar mais sóbrio do que os outros. Apesar de me sentir terrivelmente mal, a ponto de precisar primeiro encomendar um movimento a mim mesmo para depois o executar com uma concentração extraordinária, tive uma agradável sensação de vitória, quando Iago, ao beber mais uma xícara depois de muitas chaleiras consumidas, fechou os olhos de repente, começou a ficar branco, e, apoiando a cabeça com a mão, respirava de tal maneira que todo o corpo dele se sacudia. No recinto já haviam ligado a luz elétrica. Em torno da lâmpada, voavam moscas em círculo fechado, e o amplificador, fazendo tremer as liras de madeira em sua grade azul, soltava através dela uma música morta a todo volume.

Já bem tarde, na hora de fechar, conseguimos entrar num café em voga, e ali, vendo nossas caras de sono nos espelhos, andamos pelo assoalho balançando como num convés: a passo acelerado e o corpo inclinando para frente, quando o chão se levantava debaixo dos pés e, jogando o corpo para trás e freando, quando ele caía. Iago comprou uma aguardente de fabricação caseira, ali mesmo, do porteiro que, pela mistura da majestade com o servilismo parecia um alto dignitário em desgraça, e combinou com duas garçonetes dar um passeio primeiro e depois ir à casa delas.

M. Aguéiev

Embaixo, na entrada duma galeria ecoante e escura, onde nós tivemos de esperá-las, nós nos apresentamos. Elas se chamavam Nelli e Kitti, mas Iago, em seguida, batizou-as de Nastiukha e Katiukha e, dando palmadas paternais nos traseiros das duas, apressou-as a tomarem seus lugares e partir. Só tive tempo de enxergar que Kitti tinha um corpo pequeno e magro, o cabelo em anéis colados às faces, feito rabinhos de camundongo. Eu tive de ir com Nelli. O passeio era refrescante e agradável. Os raros transeuntes e as fileiras de lampiões pareciam imóveis, apenas de perto eles se destacavam da fileira e passavam voando. Nelli estava sentada a meu lado. Seu pescoço era visivelmente torto, mas com sorrisos e olhares de soslaio ela conseguia de vez em quando transformar esse aleijão em coquetismo. E, provavelmente, porque em minha cabeça vibrava a vodka, eu, libertado da necessidade de imaginar tudo aquilo que os transeuntes pudessem pensar de mim, beijava-a. Ela tinha um jeito muito desagradável: enquanto eu apertava minha boca contra seus lábios fortemente fechados, úmidos e frios, ela mugia pelo nariz — *mmm...*, a tonalidade desse *mmm* ia se levantando até que na nota mais alta e mais fina ela começava a escapar.

Passamos por um portão escuro, em cima do qual, através de uma lanterna invisível, transluzia o número oito cor amarelo querosene, cujos dois círculos não se fechavam e não se tocavam com coquetismo; os cocheiros desceram e, com ar ofendido e ameaçador, pediram acréscimo; Nelli e Kitti, puxaram-nos pelas mãos por uma escada escura acima e após longas tentativas de abrir o cadeado, introduziram-nos num escuro corredor de um apartamento alheio. Depois abriram mais uma porta e a luz da madrugada no quarto escuro delineou uma janela na qual caiu a noite quando acenderam o abajur.

— *Silêncio, pelo amor de Deus, silêncio, senhores,* —suplicava Nelli pondo no pescoço sua mão operária de unhas pintadas, enquanto Kitti, ao afastar com cuidado o pequeno sofá, entrou atrás dele e cobriu o alto abajur com um lenço de seda vermelha com franja. *Querida, fique tranqüila!* — gritou Iago a plena voz, e as meninas a um só tempo encolheram as cabeças, como se alguém fosse bater nelas. *Se seus pulmões e as molas do sofá estão em ordem, não haverá barulho.* Iago, em pé, com a cabeça para trás, sorria e abria largamente seus braços para todos. Quando finalmente nós nos acomodamos no sofá perto de uma mesinha, Iago, que foi o primeiro a tomar a aguardente caseira, turva como água de charco, sentiu-se mal. Seu rosto branco ficou úmido, ele começou a fungar alto, levantou-se, foi até a janela já de boca bem aberta, debruçou-se no peitoril e suas costas sacudiram-se de vômitos. Eu também estava com enjôo, não parava de engolir saliva, mas a boca ficava cheia logo em seguida. Kitti *fechou* pudicamente o rosto com as mãos, mas por entre os dedos vigiava-me seu risonho olho preto. Nelli olhava para Iago, os cantos da boca abaixados numa expressão de desprezo e acenando com a cabeça como quem teve todos seus pressentimentos a nosso respeito totalmente confirmados.

Iago voltou da janela, enxugando as lágrimas e a boca, contente e pronto para outra, tombou no sofá perto de nós.

— *Bom, agora podemos nos divertir* — disse ele. Abraçou Nelli e começou a puxá-la para si. Cada vez que ela empurrava o rosto dele com a mão, ele, sem soltá-la, virava a cabeça olhando para mim e eu respondia com um sorriso estimulador como

M. Aguéiev

que encorajando o rapaz num empreendimento muito engraçado. Para agarrar Nelli definitivamente, Iago caía mais e mais para o lado dela e, com uma perna levantada, que, procurando apoio, passeava no ar, apoiou-a finalmente contra a mesa e empurrou-a com força.

Alguns segundos depois do estrondo que nos pareceu tão estranho, ficamos sentados como que enfeitiçados, prestando atenção e respirando alto. Pela janela clareada podia-se ver os pardais, sentados nos fios lembrando arame farpado. Com tremendas precauções, para não produzir nenhum ruído, comecei a levantar a mesinha tombada, como se o silêncio com o qual eu a levantaria pudesse diminuir o estrondo já feito pelo tombo. — *Bom, Deus queira...* — começou Iago, mas Nelli, com fúria nos olhos fez *psss*, Kitti levantou a mão num gesto de advertência e continuou segurando-a assim. De fato, justamente nesse instante ouviu-se um leve estalo em algum lugar do corredor, depois o arrastar de pés que se aproximavam e, finalmente, parou bem na nossa porta, cuja maçaneta começou a abaixar-se num movimento lento e ameaçador. Primeiro, pela fresta da porta entreaberta, um olho assustado fitou-me com desconfiança, depois a porta escancarou-se sem cerimônia e no quarto, com uma firmeza escandalosa, entrou um pijama masculino de gola levantada em torno de uma encantadora cabecinha feminina. Os saltos altos de seus sapatos vermelhos sem calcanhar, arrastavam-se e batiam no assoalho. — *Bo-om,* — disse ela, olhando para Nelli e Kitti, como se nem eu, nem Iago estivéssemos no quarto. — *Vejo que vocês são inquilinas adoráveis. E é toda noite que vai ser assim, hum?* Nelli e Kitti estavam lado a lado no sofá. Nelli, com seu pescoço torto, encarava a locutora de olhos arregalados, piscando e de boca aberta; Kitti, cabisbaixa, de cenho carregado e fazendo beicinho como que para assobiar, passava o dedo nos seus joelhos desenhando círculos. Todos fomos salvos por Iago: não porque ele estivesse muito embriagado, mas justamente por fingir estar muito embriagado, ele se excluía, como se não fizesse parte dos culpados. De barriga para frente e de braços abertos a tal ponto que os joelhos dobravam-se, ele avançou, com dificuldade, ao encontro da visita, entoando uma canção num balido bêbado, cortou-a em seguida e parou feliz da vida. E aí, aconteceu entre mim e a bonitinha dona do apartamento o seguinte diálogo:

Ela: — *Seu companheiro canta maravilhosamente. Mas por que ele fecha os olhos? Ah, sim, para não ver que eu tampo os ouvidos.*

Eu: — *O espírito faz com a aparência da mulher a mesma coisa que o traje masculino com seu corpo: acentua os encantos e os defeitos que ela tem.*

Ela: — *Receio que, apenas graças ao meu traje, você chegou a apreciar meu espírito.*

Eu: — *Foi só uma gentileza. Seria uma pena apreciar seu corpo pelo espírito.*

Ela: — *Um galanteio seria preferível à sua gentileza.*

Eu: — *Eu agradeço.*

Ela: — *Por quê?*

Eu: — *A gentileza não tem sexo. O galanteio é sexual.*

Ela: — *Neste caso, posso-lhe assegurar que não está nas minhas intenções esperar galanteios de você. Aliás, quem é você? Para quem é galante, a mulher cheira à rosa, e para pessoas como você até a rosa, pelo visto, cheira à mulher. E se eu perguntar — o que é mulher? — você nem saberia explicar direito.*

M. Aguéiev

Eu: – *O que é mulher? E por que não? Sei, sim. A mulher é a mesma coisa que champanha: em estado frio embriaga mais e, na embalagem francesa, custa mais caro.*

Esvoaçando as pantalonas e batendo com os saltos, ela aproximou-se de mim. – *Se sua definição está certa* – disse ela em voz baixa, significativamente olhando de viés para Nelli e Kitti, – *eu tenho o direito de afirmar que sua adega deixa muito a desejar.* – Experimentando um êxtase pudico de vencedor, abaixei a cabeça e guardei silêncio. – *Aliás,* - acrescentou ela apressadamente, – *talvez, um dia, nós possamos continuar essa conversa tão picante. Eu me chamo Sônia Mints.* – Abaixando a cabecinha, como se olhasse no meu rosto, enquanto eu me inclinava para beijar com deferência sua mão esticada, ela pronunciou um *oh!* de surpresa e, em sinal de aprovação, fez uma careta de raposa, com o que seus olhos terrivelmente azuis ficaram puxados à chinesa. Depois, dirigindo-se exclusivamente a mim e a Iago desta vez, como se Nelli e Kitti não existissem, disse-nos que não tinha nada contra a nossa presença e apenas pediria que fôssemos mais quietos e saiu, fechando a porta. Logo em seguida, bastou ela dizer tudo isso e sair, fechando a porta, como que por um acordo tácito, ou por coincidência dos sentimentos, Iago pegou seu panamá e sua bengala, eu peguei meu casquete e nós começamos a nos despedir das meninas. E foi assim: enquanto Nelli e Kitti estavam nos acompanhando pelo corredor, uma aversão, um medo de que uma palavra íntima dita entre nós neste apartamento pudesse ser ouvida, ligando-me às meninas, empurrava-me a deixá-las o quanto antes, separar-me delas sem tocá-las, sem conversar; mas, quando desci a escada e saí para o pátio, senti, de repente, uma pena dessas Nelli e Kitti, uma pena no bom sentido, como se elas tivessem

90   *Romance com Cocaína*

sido ofendidas por alguém, e por mim também, ofendidas injusta e amargamente.

3

Na manhã seguinte acordei, ou melhor, fui acordado por um agudo sentimento de desassossego, intenso e radiante, incomum para mim, sendo ele acompanhado de uma pesada dor de cabeça, de uma costumeira secura metálica na boca depois de beber vodka e de picadas no coração como se nele deixassem costurada uma agulha. Era cedo ainda. A criada passou pelo corredor chapinhando, murmurando *pich-pich-pich*, e as palavras que subentendiam-se nesses *pich-pich* que ela colocava na boca da pessoa, com quem estava discutindo, indignaram-na tanto, pelo visto, que, parando bem na minha porta, ela exclamou:— *Ora essa! Era só o que faltava!* Virei de lado, encolhi-me, suspirei, como quem passa mal, embora me sentisse muito bem e muito feliz, e fingi que queria dormir, sabendo perfeitamente que, neste desassossego, eufórico, nem ficar deitado seria possível, muito menos dormir. Da cozinha, ouviu-se o seco matraquear do jato d'água contra a panela debaixo da torneira, que passou a um ruído contínuo e sonoro, sempre elevando sua tonalidade. E nestes sons, havia algo de tão emocionante, que, sentindo necessidade de soltar o excesso de minha alegria eu me soergui e, fazendo a agulha costurada no coração mexer-se e a surda e virulenta dor derramar-se na cabeça, gritei com todas as minhas forças chamando a criada. O barulho da torneira parou em seguida, mas não se ouviu nenhum chapinhar de sapatos. De repente, a babá apareceu na porta silenciosamente, como se viesse pelo ar. Porém, mesmo sem olhar, eu sabia perfeitamente o porquê de seus passos silenciosos.

M. Aguéiev

— *O que é isso, Váditchka* — disse ela — *gritar desse jeito a essa hora? Vai acordar a senhora.* Seu rostinho de sexagenária, da cor de uma folha de outono, estava sombrio e preocupado.

— *Por que diabos você usa botas de feltro agora, no verão?* — perguntei-lhe, sem levantar a cabeça, sentindo como a surda dor entre a nuca e o travesseiro tremia e apagava-se.

— *As pernas é que me doem muito, Váditchka,* — disse ela em tom choroso, e logo em tom sério: — *Só para isso que você me chamou?* — Meneando a cabeça com censura, a mão fechando a boca, a criada fitava-me com olhos carinhosos e risonhos. — *Sim, sei,* — repliquei, tentando enganá-la com a tranqüilidade da minha voz — *apenas para isso* — e pulei feito louco da cama, dobrei-me, como um assassino antes do salto, com os braços para trás, como se tivesse punhais nas mãos, e, batendo com os pés descalços, representando a perseguição da criada que, apavorada, se pôs a correr, berrei como um selvagem: — *corre, hei, te pego, u-lu-lu, chispa daqui!*

Porém, a representação que eu armei naquela manhã diante dos imaginários olhos azuis de Sônia não acabou com isso. Tudo que eu fazia naquela manhã não era como habitualmente, mas como se Sônia realmente não tirasse de mim seus olhos, espiando-me com admiração. Essa sua admiração eu atribuía justamente a essa mudança que aconteceu nos meus atos costumeiros naquele dia. Ao tirar do armário minha única camisa de seda e, ao examiná-la, joguei-a no chão, apenas porque a costura no ombro abriu-se um pouco, e eu pisava nela, andando pelo quarto, como se tivesse uma dúzia delas. Cortei-me ao fazer a barba, continuei raspando o lugar machucado, como se não sentisse nenhuma dor. Trocando e tirando a roupa, eu inflava o peito até onde podia e encolhia a barriga, como se realmente eu tivesse um corpo formidável. Ao provar o café, afastei-o com o gesto caprichoso de um amimalhado, apesar de o café estar gostoso e dar vontade de tomá-lo. Naquela manhã, involuntariamente dei-me com essa surpreendente e imbatível convicção de que, assim como eu era na realidade, eu não poderia absolutamente agradar e ser amado pela pessoa, amada por mim.

Eram umas onze horas quando, ao apalpar cuidadosamente a nota de cem rublos de Iago no bolso, eu saí para a rua. Não fazia sol, o céu estava baixo, branco e fofo, mas não dava para olhar para cima — os olhos lacrimejavam. Estava quente e abafado. O meu desassossego aumentava cada vez mais. Ele dominava todos os meus sentimentos e já se percebia dolorosamente na parte alta do estômago o começo de um desarranjo. A caminho de uma loja de flores, passando perto de um hotel caro e da moda, resolvi entrar, não sei para quê. Ao empurrar a porta giratória, em cujo vidro espelhado tremeu e flutuou um prédio vizinho, eu entrei e passei pelo vestíbulo. Mas o bar estava tão vazio; a fumaça de charutos, as toalhas de mesa engomadas, o mel, o couro das poltronas e o café cheiravam tanto à inquietação de viagens, que, sentindo não poder ficar lá nem um minuto mais, fingi procurar por alguém e saí para a rua.

Não sabia quando exatamente surgiu em mim essa decisão de mandar flores para Sônia. Só sentia que o volume dessa decisão crescia à medida que eu me aproximava da casa de flores: no começo, eu pensava mandar-lhe uma cesta de flores de dez rublos, depois, de vinte, depois, de quarenta e, como à medida que aumentava a quantidade de flores, crescia a feliz surpresa de Sônia, já perto da loja, eu estava convencido de que era necessário gastar todos os cem rublos em flores. Ao passar pela vitrine, na qual as flores enrugavam-se em nódoas chorando – do lado de dentro escorria água pelo vidro – atravessei a soleira. Respirei a úmida e cheirosa penumbra e, mentalmente, fechei os olhos para um terrível golpe dentro de mim: lá estava Sônia, na loja.

Eu usava um velho boné colegial, de cinta desbotada e de pala trincada, as calças estavam esticadas no lugar dos joelhos, minhas pernas tremiam de um jeito esquisito e eu suava como se estivesse num incêndio. Mas sair da loja já seria impossível: a vendedora estava diante de mim, perguntando se o *monsieur* desejava uma cesta ou um buquê e já tinha mostrado com a mão uma dezena de flores diferentes, familiares para mim pela aparência, mas a maioria dos nomes eu não conhecia; depois deu uma dezena de denominações, mas eu não sabia como era o aspecto da maioria delas.

Justamente nesse momento Sônia virou a cabeça e com um sorriso calmo avançou em minha direção. Ela usava um terno cinza com um ramalhete de violetas de pano preso na lapela desajeitadamente, enrugando-a, os sapatos eram sem saltos e ela andava torcendo as pontas dos pés para fora, de um jeito pouco feminino. Somente quando ela passou por mim e parou no caixa que estava atrás de mim, entendi finalmente que não era para mim que ela estava sorrindo nem para nada daquilo que estava vendo, mas para seus pensamentos. Em seguida, sua voz por trás das minhas costas, uma voz singular, um pouco rachada, que eu não conseguia lembrar a manhã inteira, disse ao empregado que abriu a porta diante dela: – *Por favor, mande as flores imediatamente, senão esse senhor pode se ausentar, o que seria lamentável. Obrigada.* – e foi embora.

Quando, no caminho de volta, eu estava procurando um lugarzinho para jogar fora os cravos, comprados só para constar, eu já sabia que com Sônia estava tudo acabado para sempre.

Eu entendia perfeitamente, é claro, que entre mim e Sônia não houvera absolutamente nada ainda, e o que houve não aconteceu num relacionamento *com ela*, mas sim, *dentro de mim mesmo*, e que, evidentemente, Sônia não poderia estar sabendo sobre meus sentimentos, que, provavelmente, eu teria de transmitir a ela e estimular, de alguma maneira, esses meus sentimentos em Sônia. Mas justamente a consciência da necessidade de *solicitar* o amor de Sônia, da necessidade de expor, tentar persuadir, exortar um ser estranho para mim — essa consciência dizia-me com toda franqueza que em relação a Sônia estava tudo acabado. Talvez seja verdade que no galanteio existe uma mentira desagradável, uma tensa inimizade açucarada por sorrisos. Agora eu sentia isso de uma maneira especialmente aguda, e um sentimento de amarga ofensa afastava-me da Sônia real logo que eu começava a pensar sobre a necessidade de suplicar seu amor. Eu não conseguia explicar direito para mim mesmo este sentimento complicado, mas parecia-me que se minha amada suspeitasse que eu, pessoa honesta, tivesse cometido um latrocínio, esse mesmo sentimento de amarga ofensa não me permitiria chegar à humilhação de ficar provando minha inocência diante dessa pessoa amada, enquanto que, diante de qualquer outra mulher indiferente para mim, eu o faria com a maior facilidade. Pela primeira vez, nesses curtos minutos eu me convencia realmente de que, mesmo no homenzinho mais baixo, existem tais sentimentos, orgulhosos, irreconciliáveis, que exigem uma reciprocidade incon-

M. Aguéiev   95

dicional e para os quais um penoso sofrimento da solidão agradaria mais que um júbilo do sucesso, alcançado pela humilhante mediação da mente.

E que senhor é esse a quem ela manda flores? – pensava eu, e o cansaço era tal, que dava vontade de deitar ali mesmo, na escada. Senhor. Se-nhor. *Que palavra é essa? Fidalgo – sim, é claro, contundente. Mas "senhor", o que é? Um fúfio qualquer.* Abri a porta, passei pelo pequeno corredor do nosso pobre apartamentinho e, com o único desejo de deitar no sofá, entrei no meu quarto. Ele já havia sido arrumado, mas estava empoeirado, claro, como sempre no verão, e feio. Na escrivaninha, estava um embrulho barrigudo de papel de seda branco, grampeado num lado. Eram as flores de Sônia e um bilhete com um pedido de encontro naquele mesmo dia, à noite.

4

No final da tarde, a chuva parou, mas as calçadas e o asfalto ainda estavam úmidos e as lanternas refletiam-se neles como em lagos negros. Os gigantescos candelabros em volta do monumento a Gógol zumbiam baixinho. Porém, seus globos leitosos em telas de arame, pendurados no topo daqueles mastros de ferro fundido, iluminavam mal e somente em alguns pontos dos negros montes de folhas molhadas sua luz piscava como moedas de ouro. Quando estávamos passando perto, separou-se uma gota de chuva do nariz de pedra e, na queda esbarrou na luz da lanterna, acendeu-se em azul e apagou-se em seguida. – *Você viu?* – perguntou Sônia. – *Sim. É claro. Eu vi.*

Devagar, calados, continuamos caminhando e entramos numa travessa. Num silêncio úmido, ouvia-se um piano to-

96 *Romance com Cocaína*

cando em algum lugar. Mas, como isso acontece freqüentemente, do lado da rua uma parte das notas sumia, chegavam até nós apenas os sons mais altos e batiam com estridência nas pedras, como se alguém martelasse a campainha num quarto fechado. Somente bem embaixo da janela entraram os sons que escapavam: era um tango. *Você gosta desse gênero espanhol?* – perguntou Sônia. Respondi a esmo que não, que preferia o russo. – *Por quê?* – Eu não sabia por quê. Sônia disse: – *Os espanhóis cantam sobre uma paixão nostálgica, e os russos, sobre uma nostalgia da paixão. Não seria por isso, hem?* – *Sim, é claro. Por isso mesmo...* – *Sônia,* – disse eu, dominando com um doce esforço seu nome suave. Dobramos a esquina. Estava mais escuro aqui. Apenas uma janela do térreo estava iluminada fortemente. E, embaixo dela, nos úmidos e redondos gobos, brilhava um quadrado, como uma bandeja com damascos colocada no chão. Sônia disse – *Ah!* – e deixou cair sua bolsinha. Abaixando-me rapidamente, levantei a bolsinha, tirei meu lenço e comecei a enxugá-la. Sônia, sem olhar para o que eu estava fazendo, fitava-me com tensão, levantou a mão, tirou meu boné e, segurando-o com cuidado num braço dobrado, como se fosse um gatinho, acariciou-o com as pontas dos dedos. Talvez por isso, ou porque ela não tirava seus olhos dos meus, eu, com a bolsa numa mão e o lenço na outra, com um terrível medo de desmaiar em um instante, dei um passo em sua direção e abracei-a. – *Pode* – disseram seus olhos fechando-se com lassidão. Inclinei-me e rocei seus lábios. Talvez outrora, há muito tempo, exatamente assim, com a mesma pureza inumana, sentindo uma preciosa dor na mesma solicitude feliz de dar tudo – o coração, a alma, a vida; outrora, há muito tempo, os mártires assexuados, secos

M. Aguéiev

e assustadores roçavam os ícones. – *Querido,* – lastimosamente dizia Sônia afastando seus lábios e aproximando-os de novo – *meu menino – meu querido,– você ama? Sim? – diga então.* Intensamente procurava eu dentro de mim essas palavras necessárias, essas maravilhosas e mágicas palavras de amor, palavras que eu diria, e que eu tinha de dizer-lhe naquele mesmo momento. Mas não havia essas palavras dentro de mim. Como se na minha experiência de namoro eu vivesse me convencendo de que só sabe falar bonito sobre o amor aquele em quem esse amor já se foi para a memória, que só pode falar sobre o amor com persuasão aquele em quem esse amor despertou a sensualidade, mas em quem esse amor atingiu o coração, deve manter silêncio.

5

Passaram-se duas semanas e durante esse tempo a minha sensação de felicidade tornava-se cada vez mais inquieta e febril, misturada àquela histérica aflição, própria, provavelmente, à toda felicidade que chega em demasia em poucos dias, em vez de se derramar, fina e tranqüila, por vários anos. Dividia-se tudo dentro de mim.

Dividia-se a noção de tempo. Primeiro, o começo do dia, depois, o encontro com Sônia, o almoço em algum lugar, um passeio fora da cidade, aí já vinha a noite, e o dia passado era como uma pedra caída. Mas, bastava eu entreabrir os olhos das lembranças, aqueles poucos dias tão sobrecarregados de impressões em seguida adquiriam a duração de meses.

Dividia-se a força da atração por Sônia. A seu lado eu estava numa contínua e tensa aspiração de agradá-la, num constante e cruel medo de que ela pudesse se entediar comi-

98 *Romance com Cocaína*

go. À noite, eu já me sentia tão dilacerado que dava suspiros de alívio quando Sônia, finalmente, passava pelo portão de sua casa e eu ficava só. Porém, mal eu chegava em casa, a saudade de Sônia começava a comichar dentro de mim. Eu não comia nem dormia e ficava tanto mais febril quanto mais próximo chegava o momento do novo encontro com Sônia, para que, passada a meia hora junto dela, eu me sentisse exausto dos esforços para ser divertido e aliviado ficando só.

Dividia-se a sensação de integridade da minha imagem interior. A intimidade com Sônia limitava-se a beijos, mas esses beijos suscitavam em mim apenas aquela ternura soluçosa de despedidas na estação de trem, quando as pessoas separam-se por longo tempo, talvez, para sempre. Beijos desse tipo afetam demais o coração para poder produzir efeito no corpo. E sendo como que o tronco da árvore, no qual crescia meu relacionamento com Sônia, esses beijos incitavam a transformar-me num menino sonhador e até ingênuo. Era como se Sônia soubesse despertar à vida aqueles meus sentimentos que há muito tempo deixaram de respirar dentro de mim e que, por isso, eram mais jovens que eu, essa juventude, pureza e ingenuidade deles não correspondiam em absoluto à minha suja experiência. Assim eu era com Sônia e já dentro de alguns dias passei a acreditar que assim eu era na realidade, e que nada nem ninguém diferente poderia existir dentro de mim. No entanto, uns dois ou três dias depois, encontrando Takadjiev na rua (a quem ainda no colégio eu pregava minha opinião "exclusiva" sobre as mulheres, para seu maior prazer e com sua aprovação), que, nos últimos dias, via-me várias vezes na companhia de Sônia, eu, ao vê-lo ainda de longe, senti de repente um estranho escrúpulo diante

M. Aguéiev

dele e uma necessidade inadiável de justificar-me. Provavelmente, o mesmíssimo escrúpulo deve sentir um ladrão que abriu mão de seu ofício sob a influência de uma família laboriosa que lhe dera amparo e que, agora, ao encontrar seu colega de latrocínio, sente-se diante dele envergonhado por não ter espoliado ainda seus benfeitores. Depois dos palavrões de saudação, eu lhe contei que meus encontros freqüentes com essa mulher (isso com a Sônia!) explicam-se unicamente pelas necessidades eróticas que ela sabe excitar e satisfazer de um jeito estupendo. Minha dubiedade, minha dupla personalidade, consistia não tanto na mentira que meus lábios proferiam, quanto na franqueza com a qual alvoroçou-se em mim a essência de um valentão descarado.

Dividiam-se em mim os sentimentos pelas pessoas que me rodeavam. Sob a influência dos sentimentos para com Sônia, tornei-me extremamente generoso, comparado ao que acontecia antes. Eu dava generosas gorjetas (mais generosas quando estava só do que na presença de Sônia), fazia folias com criadas sem parar e, uma noite, voltando tarde para casa, eu acudi uma prostituta, ofendida por um passante. Mas este relacionamento com as pessoas, novo para mim, a felicidade e a vontade de, como se diz, abraçar o mundo, revelava em seguida um desejo de destruir este mundo apenas porque alguém, mesmo indiretamente, era obrigado a se opor à minha intimidade com Sônia e aos meus sentimentos ligados a ela.

Dentro de uma semana aqueles cem rublos que Iago me deu foram gastos. Sobravam uns poucos apenas, que não davam para eu me encontrar com Sônia porque naquele dia combinamos almoçar juntos, depois ir a Sokólniki e lá ficar até de noite.

100   *Romance com Cocaína*

Depois do café da manhã, que eu engoli com aversão de tanta ansiedade que chegava a provocar uma dor cortante no estômago, e tudo por causa do pensamento sobre o que aconteceria, como, com essa falta de dinheiro, eu conseguiria passar todos esses dias com Sônia, entrei no quarto de minha mãe e disse que precisava de dinheiro. Minha mãe estava sentada na poltrona perto da janela e, naquele dia, parecia especialmente amarela. Em cima de seus joelhos havia fios de várias cores, embaralhados, e um bordado qualquer, mas suas mãos estavam largadas, e seus velhos olhos desbotados, imóveis e pesados, estavam dirigidos para um canto do quarto. — *Preciso de dinheiro* — repeti, abrindo os dedos à maneira de pato, e ela nem se mexeu. — *Preciso de dinheiro e imediatamente*. Com uma visível dificuldade, minha mãe levantou um pouco as mãos e deixou-as cair num desespero submisso. — *Bom,* — disse eu — *se não tem dinheiro, dê-me seu broche, vou empenhá-lo*. (Para minha mãe este broche era sagrado e única lembrança material do meu pai). Do mesmo jeito, sem responder e olhando pesadamente à sua frente, ela vasculhou com a mão trêmula dentro de sua velha blusa e tirou de lá um papel cor de canário: o recibo da casa de penhores. — *Mas eu preciso de dinheiro* — gritava eu num desespero choroso só de imaginar que Sônia já estava me esperando e que eu não poderia me encontrar com ela — *eu preciso de dinheiro, eu vou vender o apartamento, vou cometer um crime para consegui-lo*. Ao passar rapidamente pela nossa pequena sala de jantar, saí correndo para o corredor sem saber para quê e dei de cara com a criada. Ela estava na escuta. — *Só me faltava você, diabo velho* — disse eu e empurrei-a cruelmente, querendo passar. Mas a criada, tremendo de ousadia, pegou minha mão, como se quisesse beijá-la, segurou-

M. Aguéiev

me e fitando-me de baixo para cima, com o mesmo olhar de súplica e insistência, com o qual ela sempre rezava diante dos ícones, sussurrou: — *Vádia, não magoe a senhora, não arrase com ela, ela já está acabada. Hoje é o aniversário da morte do seu pai.* E já olhando para meu queixo e não nos meus olhos: — *Não quer pegar o meu? Faça-me a gentileza. Pegue o meu, pelo amor de Deus. Hem? Pegue, sim. Não me leve a mal.* — A criada chapinhou até a cozinha e dentro de um minuto trouxe-me um maço de notas de dez rublos. Eu sabia que esse dinheiro ela conseguira juntar durante muitos anos de trabalho e guardava-o para pagar o asilo de velhos, com a esperança de ter lá seu cantinho na velhice, quando não tivesse mais forças para trabalhar, e, mesmo assim, eu o peguei. Entregando-me esse dinheiro, a criada não parava de fungar o nariz, seus olhos piscavam — ela tinha vergonha de mostrar suas lágrimas, felizes e claras lágrimas de amor e de sacrifício.

Dois dias depois aconteceu que, descendo os bulevares — nós íamos para fora da cidade — Sônia precisou dar um telefonema para sua casa. Ao parar o cocheiro — estávamos numa praça perto de minha casa — Sônia sugeriu que a esperássemos na rua. Desci da caleche e, andando, à espera de Sônia, cheguei até a esquina, quando alguém tocou minha mão. Virei a cabeça. Era minha mãe. Estava sem chapéu, com os cabelinhos grisalhos esvoaçantes, usando um jaquetão pespontado da criada, com uma sacolinha de cordas para a provisão na mão. Num gesto suplicante e temeroso, ela passou a mão no meu ombro. — *Filhinho, consegui um pouco de dinheiro, se quiser, eu...* — *Vá-se embora, vá-se embora,* — interrompia, sentindo um terrível medo de que Sônia pudesse sair naquele instante e entender que essa velha horrorosa era minha mãe. – *Vá-se embora, que nem sua sombra fique aqui!* – repeti eu, tratando-a de "você" por não poder mandá-la embora com a força da voz. E quando, ao voltar à caleche, vi Sônia, que acabara de chegar e, ajudando-a a subir, vi seus olhos azuis, oblíquos e semicerrados por causa do sol que se refletia nos pára-lamas laqueados da carruagem, eu já estava sentindo uma felicidade tão grande que podia olhar sem estremecimento para a cabeça grisalha, para o jaquetão pespontado e para as pernas inchadas de sapatos gastos, caminhando com dificuldade do outro lado da rua.

Na manhã seguinte, indo pelo corredor ao lavabo, dei com a minha mãe. Sentindo pena dela e sem saber o que dizer sobre o acontecido no dia anterior, eu parei e passei minha mão na sua flácida face. Contra a minha expectativa, ela não me sorriu nem ficou contente, seu rosto encarquilhou-se de tristeza e pelas faces correram lágrimas incrivelmente abundantes, que, não sei por que tive essa impressão, deveriam estar quentes como água fervendo. Parecia que ela estava tentando dizer algo, e talvez chegasse a dizer, mas eu, considerando que a conciliação já fora feita, fui andando rapidamente, com medo de atrasar-me.

Tal era meu relacionamento com as pessoas, tal era minha dubiedade – por um lado o desejo apaixonado de abraçar o mundo, fazer as pessoas felizes e amá-las, e por outro, um inescrupuloso dispêndio das míseras economias de uma pessoa idosa, adquiridas à custa de trabalho, e uma crueldade desmedida com a minha mãe. E o mais estranho nisso era que tanto a sem-vergonhice, quanto a crueldade não estavam em contradição com meus ímpetos apaixonados de abraçar e amar todos os seres vivos do mundo, como se o crescimento desses *bons* sentimentos, tão incomuns para mim, ajudasse ao mesmo tempo a cometer crueldades, das quais eu não me consideraria capaz, caso esses *bons* sentimentos não existissem dentro de mim.

Mas entre todas essas numerosas dubiedades a mais bem delineada e a mais fortemente sentida era, dentro de mim, a divisão de dois princípios – o *espiritual* e o *sensual*.

6

Certa vez, já bem tarde da noite, depois de ter-me despedido de Sônia, eu estava voltando para casa pelos bulevares e, atravessando uma praça bem iluminada e por isso ainda mais deserta, contornei as prostitutas sentadas no banco externo da estação de bonde. As propostas e as cantadas delas para me atrair, enquanto estava passando perto, sempre ofendiam meu amor-próprio de macho, como se, apenas essa cantada, negassese a minha capacidade de obter gratuitamente de outras mulheres aquilo que elas estavam me oferecendo por dinheiro.

Apesar de que as prostitutas da rua Tverskaia, às vezes, tivessem um aspecto mais atraente do que as mulheres que eu encontrava nos bulevares e atrás das quais corria; apesar de que sair com uma prostituta não custaria mais em dinheiro (o risco de contágio era igualmente alto) e, afinal, pegando uma prostituta, eu me livraria das andanças de muitas horas, das buscas e recusas ultrajantes, mesmo assim, apesar de tudo isso, eu nunca saía com prostitutas.

Eu não saía com prostitutas porque o que eu queria não era tanto um adultério legalizado por um acordo verbal, quanto uma luta secreta e perversa com todas suas conquistas,

104   *Romance com Cocaína*

com a vitória, na qual o vencedor seria o meu *eu*, meu corpo, meus olhos que somente eu podia ter, e não aquele mísero dinheiro que muitos poderiam ter. E também não saía com prostitutas porque a prostituta entregava-se a mim, cumprindo uma certa obrigação ao receber seu dinheiro adiantado, e fazia isso compulsoriamente, talvez até (imaginava eu) apertando os dentes de impaciência, desejando apenas que eu fizesse logo o que tinha de fazer e fosse embora; e porque quem estaria junto comigo na cama não seria um cúmplice inflamado, mas um contemplador entediado por força desta sua impaciência hostil. Minha sensualidade era como que uma réplica daquilo que a mulher sentia por mim.

Mal andei a metade de um bulevar curto, quando ouvi que alguém ofegante, de passos miúdos e apressados, estava me alcançando.— *Uff, consegui finalmente* — disse uma voz com uma desagradável brejeirice profissional. Olhei para trás e, numa luz amarela, vi uma mulher correndo já perto de mim. Tentei lhe dar passagem, mas ela virou-me bruscamente, chocou-se comigo e abraçou-me. E, em seguida, seu corpo grudado contra o meu, esquentando-o, empurrou-me na parte inferior do abdômen, seus lábios aproximaram-se, apertaram-se contra os meus, abriram-se e soltaram na minha boca a língua, molhada, fria, trepidante. Experimentando aquele sentimento conveniente ao momento, quando parece que a terra toda ruiu e só ficou aquele pedacinho no qual você está, eu, para não despencar, para me segurar, provavelmente, abracei-a também. E depois tudo foi tremendamente simples.

Primeiro a caleche que chacoalhava e parecia não andar, porque eu via sempre o mesmo pedacinho do céu, enquanto rasgava seus lábios com uma crueldade prazerosa. Depois um portão, uma bota dourada, pendurada na ponta de um atiçador, enfiado na parede da casa, e o próprio portão de madeira, cerrado, no qual as portinhas abriam-se como num relógio cuco. Depois um corredor, estuque quebrado, madeiramento aparecendo, uma porta forrada com oleado, a poeira nas cavidades em volta dos pregos. O abafado ar de um cubículo, uma lâmpada a querosene e, no teto escuro em cima dela, uma mancha de luz forte, como a do sol através duma lente. E o cobertor de retalhos, úmido e pesado, como se tivesse areia dentro dele, e o seio feminino, caindo para o lado preguiçosamente com o bico marrom e a pele enrugada em volta dele. E finalmente, a parada, o ponto final para tudo e a certeza (toda vez e cada vez de uma maneira nova) de que as excitantes delícias do corpo feminino são apenas como cheiros de cozinha: provocam quando se está faminto e repugnam quando se está satisfeito.

Já era de manhã quando saí. A chaminé da casa vizinha soltava um rescaldo transparente, através do qual tremia um pedacinho do céu. As ruas estavam desertas, claras, ainda sem sol. Os bondes não se ouviam. Apenas o guarda de rua de cinto colegial, barba branca e boné com fita verde estava varrendo o bulevar. Levantando uma pesada nuvem de areia, que caía em seguida, ele avançava a meu encontro, parecendo um compasso no qual ele era a ponta apoiada e a outra era a comprida vassoura fazendo semicírculos no caminho entre os gramados. As duras vergas da vassoura deixavam na areia uma interminável fileira de riscas.

Eu ia caminhando e sentia-me tão maravilhosamente bem, tão limpo, como se tivesse sido lavado por dentro. Na torre cor-de-rosa do mosteiro, as agulhas douradas no triste e enfadonho círculo negro, mostravam cinco horas e quatorze minutos. Quando, ao atravessar a praça, entrei na úmida sombra do bulevar, as mesmas agulhas, no mesmo círculo negro da outra face da torre, mostraram cinco e quinze. Em seguida, ouviram-se sons tão finos e desordenados que pareciam uma galinha andando solta pela harpa.

Dentro de sete horas eu já deveria encontrar-me com Sônia, a alegria e a impaciência de vê-la de novo surgiram com um vigor renascido e fresco, e eu já sabia que não conseguiria dormir. — *Isto é uma traição* — dizia eu a mim mesmo, relembrando a noitada e, no entanto, por mais que eu tentasse enganchar esta perigosa palavra a um dos meus sentimentos, por mais que eu ma impusesse, ela decididamente não se segurava — desgrudava, deslizava e desprendia-se de mim. Mas se não é traição, o que seria? Se aquilo que eu fiz não é traição, significa que meu lado espiritual não é nem um pouco responsável pelo meu lado sensual, que a minha sensualidade, por mais suja que fosse, não pode manchar a espiritualidade; significa que a minha sensualidade está aberta a todas as mulheres, e a espiritualidade — somente à Sônia e, que dentro de mim a sensualidade está *separada* da espiritualidade de alguma maneira. Eu sentia mais do que sabia que nisso tudo há uma certa verdade, mas já algo pesado mexeu-se dentro de mim e eu não conseguia virar a cara para a imagem, na qual Sônia, colocada no meu lugar, comete algo parecido e com ela acontece o mesmo que aconteceu hoje comigo.

Claro, eu sentia e sabia que isso seria absolutamente impossível, que nada semelhante podia ou pode acontecer com Sônia, mas justamente essa consciência da *impossibilidade* de tal acontecimento com ela revelava, com uma clareza evidente, que nela, sendo ela mulher, a sensualidade pode e até

M. Aguéiev   107

deve sujar a espiritualidade e que a espiritualidade feminina responde plenamente pelo comportamento de sua sensualidade. Resultava que nela, Sônia, uma mulher, a espiritualidade e a sensualidade *fundem-se* num todo único, e que aceitá-las separadas uma da outra, bifurcadas, reciprocamente incompatíveis e divididas, como era meu caso, significaria cindir sua vida.

E eu imaginei não Sônia, é claro, mas uma outra moça ou uma outra mulher de uma família mais ou menos como a minha, apaixonada como eu por alguém com um ardor extraordinário e exclusivo. Imaginei-a voltando sozinha para casa e, na escuridão do bulevar, um almofadinha qualquer alcança-a; ela não o conhece, mal pode ver se ele é jovem, feio, ou velho, mas ele a agarra, aperta-a e beija-a de uma maneira perversa; ela já está no ponto, aceita tudo, vai à casa dele e, o mais importante — indo embora de manhã sem dar uma olhada naquele com quem ela passou a noite, sai, volta para casa, e não apenas sem se sentir manchada, mas com uma felicidade purinha espera o encontro com o homem por quem está apaixonada. Para uma mulher desse tipo involuntária e sorrateiramente surge a terrível palavra: *puta*. E aconteceu uma coisa estranha: aconteceu que se um homem faz o que ele fez, ele é homem. Mas se uma mulher faz o mesmo que o homem, ela é puta. E resultava também que *a separação entre a espiritualidade e a sensualidade no homem é sinal de masculinidade, mas a separação entre a espiritualidade e a sensualidade na mulher é sinal de prostituição.*

Comecei a conferir essa inesperada — para mim — dedução. Digamos eu, Vadím Máslennikov, futuro jurista, futuro, como diz o mundo que me cerca, membro útil e respeitável

108   *Romance com Cocaína*

da sociedade. Porém, onde quer que eu esteja, seja no bonde, café, teatro, restaurante, rua, isto é – em todo e qualquer lugar bastaria eu ver o corpo de uma mulher, mesmo sem ver o rosto, bastaria eu me sentir atraído pela proeminência ou pela magreza de suas ancas e, se sair tudo de acordo com meu desejo, eu, sem trocar duas palavras com essa mulher, já iria arrastá-la para a cama, para um banquinho ou até para a sarjeta. Sem dúvida, eu procederia exatamente assim, se as mulheres me permitissem fazer tal coisa. Pois essa divisão dos princípios espiritual e sensual, por força da qual eu não encontrava barreiras morais para satisfazer tais impulsos, justamente foi a causa principal de eu ser considerado um rapaz arrojado, valentão por meus colegas.

(E se meus colegas consideravam-me um rapaz arrojado, valentão, foi justamente por causa dessa divisão dos princípios espiritual e sensual dentro de mim, por força da qual não existem em mim obstáculos morais para satisfazer tais impulsos).

Porque, se dentro de mim houvesse plena união do espiritual com o sensual, eu estaria apaixonando-me perdidamente por toda mulher que me atraísse sensualmente, e então meus companheiros iam rir de mim constantemente, me chamariam de mulherzinha, de garotinha ou dariam outro apelido qualquer, mas com certeza um que expressasse patentemente seu desdém pelo princípio *feminino* revelado por mim. Isso significa que em mim, homem, esta *bifurcação* da espiritualidade e da sensualidade percebe-se pelos outros como sinal de masculinidade, de galhardia.

E se eu, com essa minha *bifurcação* da espiritualidade e da sensualidade não fosse colegial, mas *uma colegial*, uma moça? Se eu, sendo moça, também, seja onde for: num café, bonde,

M. Aguéiev

teatro, rua, em toda e qualquer parte, ao ver um homem, sem, às vezes, reparar no seu rosto, apenas emocionada com os músculos de suas coxas e não sentindo nenhum impedimento para satisfazer meus impulsos por força da separação entre a espiritualidade e a sensualidade, instigasse o homem lá mesmo, e sem dizer nada, feliz da vida, deixasse ser arrastada para a cama, banco ou até para a sarjeta, qual seria a impressão que tal feito causaria em minhas amigas ou pessoas de meu círculo, ou até nos homens que tiveram relacionamento comigo? Seriam meus atos interpretados e entendidos como expressão de galhardia, de valentia, de masculinidade? Dá para rir só de pensar. Pois não há dúvida alguma de que eu imediata, unânime e publicamente seria estigmatizada como prostituta e, além disso, não como prostituta no sentido de vítima da sociedade ou dos padecimentos materiais, porque esta pode ser justificada, mas como prostituta por externar meus instintos, em outras palavras, para a qual não haveria nem poderia haver justificativas. Então, é correto e justo considerar a divisão entre a espiritualidade e a sensualidade no homem como sinal de sua masculinidade, e a divisão entre espiritualidade e a sensualidade na mulher como sinal de prostituição. Isso significa que bastaria todas as mulheres entrarem no caminho de masculinização para que o mundo inteiro se transformasse numa casa de tolerância.

7

Para um homem apaixonado, todas as mulheres são apenas mulheres, exceto aquela por quem ele está apaixonado – para ele, ela é *ser humano*. Para uma mulher apaixonada todos os homens são apenas gente, exceto aquele por quem ela está apaixonada – para ela, ele é *homem*. Tal era a triste verdade da qual eu me certificava mais e mais ao longo do meu relacionamento com Sônia.

Porém, nem naquele dia, nem nos encontros que se seguiram, eu lhe falei sobre esses meus pensamentos.

Se às pessoas com quem convivia antes de conhecer Sônia eu não podia transmitir a veracidade de minha aflição, para não destruir aquele nimbo de bravata que queria continuar representando diante deles custasse o que custasse, com Sônia eu não poderia ser sincero sem mutilar a imagem daquele menino sonhador e dócil que ela queria ver em mim.

Contar toda a verdade sobre meus pensamentos aos companheiros, para os quais eu desejava parecer um valentão, era impossível. Eu entendia que a valentia aceita-se como tal apenas quando ela é resultado de uma percepção superficial do mundo. Mas bastaria eu me mostrar um pouquinho mais ponderado e profundo em meus sentimentos, que todos os meus atos dos quais me gabava logo se tornariam nojentos, cruéis e já sem justificativa nenhuma.

Sônia foi a primeira pessoa diante de quem eu não precisava esforçar-me nessa desagradável afetação de vigor, de entusiasmo. Para ela eu era um menino romântico e meigo. Porém, justamente esta circunstância, que à primeira vista predispunha tanto a confidências, fez com que, na primeira tentativa de contar minha vida para Sônia, eu me apercebi e levei um susto. No primeiro ímpeto de me abrir com Sônia, senti que não devia, não tinha direito de ser franco. De um lado, eu não podia abrir-me com ela, porque seria impossível para um menino sonhador contar sobre Zínotchka, contagiada por mim, sobre meu relacionamento com minha mãe, sobre como eu enxotei-a, com medo de que Sônia a visse, ou, afinal, sobre o fato de que o dinheiro com que eu pago os cocheiros, o sorvete que Sônia toma, pertence a minha velha babá. Por outro lado, eu não podia ser franco com Sônia porque as tentativas de contar apenas sobre meus atos que mostrassem unicamente minha bondade e nobreza também não iam dar certo: em primeiro lugar, porque boas ações na minha vida não havia de todo, além do mais (caso eu simplesmente inventasse essas tais boas ações), contar sobre elas não me daria nenhum prazer e, finalmente, o que é mais importante, esses relatos (apesar de parecer muito estranho, mas foi assim que eu sentia) não serviriam em absoluto para nossa aproximação espiritual, que era exatamente a razão principal, o estímulo para minha franqueza. Tudo isso me afligia não tanto porque eu me condenava à solidão espiritual, costumeira demais para ser penosa para mim, quanto pela extrema pobreza do tema da conversa para fomentar nossa aproximação, fazer crescer os sentimentos. Eu entendia que a paixão é um sentimento que deveria crescer o tempo todo, avançar, mas para seu avanço ela teria que receber empurrões, igual ao aro das crianças, que quando perde a força do movimento, começa a parar e acaba caindo. Eu entendia que felizes são aqueles namorados que, por causa de pessoas hostis a eles ou por força de acontecimentos desafortunados, privam-se da possibilidade de se encontrarem freqüentemente e por muito tempo. Sentia inveja deles, porque entendia que sua paixão crescia por conta daqueles obstáculos que surgiam entre eles. Encontrando-me com Sônia diariamente, passando com ela horas seguidas eu tentava diverti-la ao máximo que sabia, mas as palavras que lhe dizia não favoreciam nem

112   *Romance com Cocaína*

o crescimento de nossos sentimentos, nem a nossa aproximação espiritual: minhas palavras preenchiam o tempo, mas não o aproveitavam. Surgiam minutos vazios, não preenchidos, que pesados pairavam sobre nós, quando sentávamos num banco, totalmente a sós, e eu, instigado pelo medo de que Sônia pudesse notar e perceber meus tristes esforços, preenchia com beijos essa falta de palavras que me ocorria cada vez com maior freqüência.

Foi assim que os beijos tomaram o lugar das palavras, assumindo o papel deles em nossa aproximação e, como as palavras, tornavam-se cada vez mais francos à medida da aproximação. Só de saber que Sônia me amava, beijando-a, eu sentia demasiada admiração e ternura, demasiada comoção no fundo da alma para experimentar a sensualidade. Eu não experimentava a sensualidade, não tendo forças para perfurar com sua crueldade ferina toda aquela ternura, piedade e humanismo dos meus sentimentos. Involuntariamente, surgia uma comparação entre meus casos com as mulheres do bulevar e meu relacionamento com Sônia agora: antes eu experimentava apenas a sensualidade e, para agradar à mulher, representava paixão e agora, sentindo apenas amor, eu representava sensualidade para agradar à Sônia. Mas quando, finalmente, nossos beijos esgotaram todos os recursos a seu alcance para essa aproximação e colocaram-me diante daquela proibitiva e última barreira na aproximação corporal, atrás da qual prenunciava-se, como me parecia naquela época, a proximidade espiritual mais elevada que o homem pode alcançar na terra, eu pedi a Iago ceder-me seu quarto por algumas horas, para encontrar-me e ficar lá com Sônia. Naquela noite, quando a levei para casa e já estava me despedindo no portão, disse que no dia

M. Aguéiev 113

seguinte iríamos visitar Iago, depois poderíamos ficar lá a sós e que não tinha *nada demais* nisso, que Iago é muito cordial e é meu melhor e fiel amigo. Naquela noite, quando Sônia respondeu minhas exortações apenas com seu *oh!* e fez uma careta de raposa e olhos chineses, eu, voltando para casa naquela noite, regozijava-me não por causa dos prazeres carnais que me esperavam no dia seguinte, mas por causa do definitivo domínio espiritual sobre Sônia que seria a conseqüência dessa intimidade corporal.

8

Conduzidos por Iago, subimos uma escada em semicírculo, muito larga, branca e clara, com vidros de estufa em lugar de teto. Mantínhamos silêncio, como pessoas de negócios, o que me constrangia e, passando por uma sala ressoante onde as poltronas, o piano de cauda e o lustre estavam cobertos com panos brancos, chegamos a seu quarto. Lá fora estava claro ainda, mas o quarto de Iago, virado para o sol poente, já estava no crepúsculo e, pela porta aberta da sacada, viamse as barrigudas colunas de sua grade, delineadas por reflexos cor de damasco.

— *Não* — disse Sônia, quando Iago correu atrás de uma poltrona de veludo vermelho framboesa com manchas pretas nas dobras surradas, e pôs as mãos no seu encosto pronto para empurrá-la debaixo de Sônia. — *Não, vamos para lá* — disse Sônia e acenou para a sacada — *Lá é maravilhoso. Podemos?* — perguntou ela, quando Iago já tinha levantado e estava carregando para o balcão a mesinha redonda com toalha rendada, biscoitos, uma garrafinha de cristal com licor verde e copinhos vermelhos lembrando chapeuzinhos turcos virados para cima.

114   *Romance com Cocaína*

— *Mas é claro, Sófia Petrovna* — virou-se Iago para ela junto com a mesa, e até colocou-a no chão para abrir os braços em gesto de assombro.

Na sacada, nossos rostos ficaram vermelhos à luz do sol poente, convexo como gema de ovo cru que, embora estivesse caindo atrás de um telhado, ainda era visto por inteiro, como se atravessasse o telhado, queimando-o.

— *Permita-me, Sófia Petrovna, o licorzinho é nota dez* — dizia Iago que, depois de acomodar-nos, estava enchendo os copinhos vermelhos, segurando seu cotovelo com a outra mão, e fazendo um tremendo barulho enquanto pisava nas saliências das folhas de latão que forravam o chão do balcão. — *Pois eu nem sabia, pode-se dizer, que você e Vadím estão se encontrando e parecem ser muito amigos.* Façam o favor de experimentar. E ao receber em resposta um aceno de agradecimento de Sônia, sentou-se na ponta da cadeira, colocou a garrafinha no joelho, segurando-a pelo gargalo, igualzinho a um violinista durante a pausa.

Sônia, com o copinho vermelho perto do rosto vermelho, com os olhos abaixados, estava sorrindo como se o encorajasse: vamos, diga mais alguma coisa.

— Pois é, Sófia Petrovna, — continuou Iago, vendo seu sorriso — naquela noite, a senhora botou a gente para correr, usando palavras suaves. Aliás, nós merecíamos. Para dizer a verdade,... depois daquilo... eu não teria coragem nem de cumprimentá-la. E de repente a coisa está neste pé.

— Que coisa? — perguntou Sônia, sorrindo para dentro do copo.

—Bom, isso aí — disse Iago e fez um gesto meneando a mão com a palma para cima, como se tentasse determinar o peso de alguma coisa. — Em suma, não sei como Vadím conseguiu arranjar tudo, telefonando ou mandando uma carta, mas eu depois de uma noite daquelas não ousaria.

Sônia, com o copo nos lábios, ainda engolindo, proferiu um *m-m-m* em protesto, como se engasgasse, acenou com a mão e, sem se separar do copo, inclinou-se para colocá-lo na mesa sem pingar.

— Não foi nada disso — respondeu ela sorrindo, com os lábios ainda molhados. — Da onde você tirou? Simplesmente, na manhã seguinte eu mesma mandei-lhe um bilhete e flores. Foi só isso.

— Flores? — perguntou Iago.

— Hum, hum — acenou Sônia com a cabeça.

— Para ele? —perguntou Iago, apontando com o dedão em minha direção.

— Para ele? — imitou-o Sônia já sem olhar para Iago, mas diretamente para mim. Seu olhar penetrante no rosto sorridente (como olham para crianças quando querem assustá-las de brincadeira) queria dizer-me: *Foi o amor que me obrigou a fazer* naquele dia *aquilo que contei agora, é o amor que me obriga a contar* agora *o que eu fiz naquele dia.*

Por algum tempo Iago ficou calado olhando ora para mim (eu lhe respondia com um sorriso feliz e bobo), ora para Sônia. Mas, pouco a pouco, seus olhos aguados — primeiro alargados com a confissão de Sônia, depois ausentes por causa do trabalho mental — tornaram-se astutos.

— Com licença, Sófia Petrovna, — disse ele, pegou o copo, tomou um gole e fez uma bochechada, como se tivesse tomado um elixir dental e ia cuspi-lo já-já. Com licença. Você disse: flores, bilhete e outras coisas. Mas e o endereço? Como é que foi com o endereço? Você já o sabia antes? Ou não? — perguntava ele, com uma incerteza interrogativa, traduzindo em palavras o sorriso de Sônia. — Então, como foi neste caso, como?

— Mas muito simples. — disse Sônia. Escute só. Eu não sabia nem sobre você, nem sobre Vadím. Não sabia absolutamente nada, nem meia palavra. Eis como foi que eu soube tudo: na manhã seguinte, bem cedo, chamei a Nelli para meu quarto e fiz uma repreensão e a advertência de que, se uma bagunça dessas se repetisse mais uma vez, uma única vez, eu ia botar para fora as duas. *Onde já se viu, será que é possível trazer— e quando? À noite! E aonde? Ao meu apartamento! E quem? Dois homens estranhos! Hem? O que vocês acham disso? Não, digam-me, o que vocês acham disso? E quem me garante que não são bandidos? Mas o que eu estou dizendo? Com certeza eram bandidos. E por que vocês acham que não? Vocês os conhecem por acaso? E o que vocês sabem sobre eles?*

— Perdão, Sófia Petrovna, — interrompeu Iago — mas essa tal Nastiu..., isto é, Nelli não sabia nem nossos sobrenomes, nem endereços.

— É verdade — confirmou Sônia — isso ela não sabia. Em compensação ela sabia que um de vocês, aquele que usava uniforme de estudante, chama-se Vadím, e o que estava à paisana, Iago. Mais do que isso — quando, no inverno passado, Nelli trabalhava na loja de Miur, ela os via lá freqüentemente, aliás os dois de uniforme estranho, como ela disse: muito parecido com o de estudantes, só que os botões não eram dourados e, sim, prateados e sem águias. Nelli não sabia mais nada sobre vocês, mas para mim já era o suficiente. Em primeiro lugar, eu já sabia que aquele que me interessava chama-se Vadím. Segundo, o colégio com o uniforme tão parecido com o de estudantes e com botões diferentes eu conheço: neste colégio, estuda o filhinho de minha prima. Terceiro: estava claro para

M. Aguéiev 117

mim que se alguém no inverno passado ainda usava o uniforme colegial, e no verão, o uniforme universitário, é evidente que nesta primavera ele terminou o colégio. Na lista telefônica, achei o endereço do colégio e fui lá. Além do porteiro não havia ninguém, mas depois de um breve esclarecimento de nossas relações, ele me deu a lista dos estudantes, formados neste ano. Tive sorte: entre os formandos só um tinha o nome Vadím. Assim eu soube o sobrenome e o endereço, o porteiro me arranjou na hora.

— *Forrrmidável!* — exclamou Iago com admiração, virando freneticamente a cabeça de um lado para outro. Mas como que liberando-o da necessidade de quaisquer elogios, Sônia pôs o pulso da mão no ouvido, escutou, depois olhou para seu relógio–bracelete. Aproveitando a distração de Sônia, Iago sinalizou-me com os olhos: — Já estou indo embora.

Escureceu e começou a ventar depois que Iago saiu. Da esquina, levantou-se um arco de poeira, passou por nós, como um pequeno furacão, virando a toalha de mesa e obrigando-nos a apertar os olhos numa careta e, quando foi embora, sentimos um rangido nos dentes, como que de açúcar cristalizado. De cima, talvez do telhado, uma folha de outono como borboleta cor de banana estava girando no ar amainado, descendo, descendo e no final, já em cima da mesa, fazendo lentas cambalhotas, pousou no copinho vermelho imitando pena de ganso no areeiro. E, de repente, senti muita falta de Iago, como se daqui, da sacada, tivessem levado a tão agradável admiração alheia à minha felicidade, como se minha felicidade fosse uma roupa nova que perde uma parte da alegria, quando você não pode usá-la em público. Sônia levantou-se e sentou-se do meu lado. —*Ai, que bicho-papão!* — disse ela e, de

118

Romance com Cocaína

brincadeira, fez uma carinha carregada. A cara carregada era a imitação da minha e "de brincadeira" expressava sua atitude. Timidamente, como uma criança provocando um cachorro, ela esticou seu dedinho indicador, começou a passá-lo pelos meus lábios de cima para baixo e eles produziram estalos tão sonoros, que eu desatei a rir. – É deste jeito – disse Sônia – que futuramente eu vou saber de seus sentimentos: vendo você rir ou empurrar minha mão com raiva. *Aliás –* acrescentou ela – *você pode perceber como nós, mulheres, somos tolas: o efeito que produzimos, revelando em voz alta nosso espírito de observação, vale mais que o proveito que poderíamos tirar dele, silenciando-o.*

Entretanto, escurecia rapidamente, o vento forte causava desassossego. Apenas lá, onde o sol caíra, via-se uma estreita faixa cor de tangerina sobre o telhado preto. Já um pouco mais para cima estava sombrio: as nuvens, como jatos de tinta preta juntando-se à água, rolavam ao vento com tanta velocidade que, quando eu levantava a cabeça, a sacada e o prédio juntos começavam a andar para frente em silêncio, ameaçando esmagar a cidade inteira. Atrás da esquina, como um mar, marulhava a folhagem das árvores. Depois, na alta tensão desse úmido ruído, algo quebrou-se, provavelmente um galho e, em seguida, bem perto, bateu uma janela fechando-se; surgiu um instante de silêncio e logo a vidraça jogada para fora explodiu sonoramente na calçada.

– *Fu –* disse Sônia – aqui está ruim. Vamos para dentro.

Depois do balcão, o quarto de Iago parecia silencioso e abafado, como se fosse aquecido. Na escuridão, atrás da porta do balcão, a toalhinha branca agitava-se como um lenço de despedida na estação. Segurando Sônia pelo braço, comecei a procurar o interruptor passando a outra mão pelo papel de

M. Aguéiev 119

parede e produzindo um leve ruído sibilante, mas a mão de Sônia segurou-me suavemente. Então, abracei-a, apertei-a contra mim e, pisando sem jeito nas pontas de seus sapatos, fui levando Sônia devagar, de costas em direção à coluna, que branquejava fracamente e parecia ser achatada no escuro, atrás da qual lembrava-me ter visto um canapé.

Mas, avançando no escuro, apertando Sônia contra meu corpo, eu, por mais que procurasse me excitar com todo aferro animal masculino, tão necessário para mim naquela hora, naquele instante, já pressentia, com desespero e com uma terrível clareza, o meu vergonhoso fracasso. Porque, mesmo no quarto de Iago e naquele momento decisivo, os beijos de Sônia e sua proximidade enterneciam-me e sensibilizavam-me demais para sentir volúpia. *O que eu faço, o que eu faço, o que eu faço?* — pensava eu em desespero, entendendo que Sônia é uma mulher que precisa ser possuída espontaneamente e de uma vez e que eu devia agir exatamente assim, não porque ela oporia resistência, mas porque se eu ousasse estimular minha sensualidade caducada naquele momento por meio de um longo processo de toques sujos, tentando salvar o amor-próprio da minha masculinidade, eu destruiria para sempre e irremediavelmente a beleza de nosso relacionamento. Entretanto, nós já havíamos chegado até a coluna. *O que fazer, o que fazer?* — repetia eu, pensando que ia acontecer tamanha vergonha depois da qual seria impossível continuar vivendo e, dando-me conta de que justamente esse *pressentimento* da infâmia estava me tirando a última possibilidade de excitar em mim o animal que poderia evitar essa infâmia. Somente no último instante, quando, como num abismo negro, nos desabamos no sofá, que rangeu vulgarmente com

120   *Romance com Cocaína*

todas suas molas, foi que me ocorreu a solução: eu rouquejei alto, como vira num teatro, e tentando rasgar a apertada gola de pano de lã, gemi. – *Sônia. Estou passando mal. Água.*

9

Moscou, setembro de 1916.

Meu simpático e querido, Vadím!

É difícil, é triste para mim só de pensar, e mesmo assim eu sei que esta é a última carta minha para você. Você já percebeu que desde aquela noite (você sabe de qual estou falando), nosso relacionamento tornou-se penoso, e uma vez acontecido, ele nunca mais poderá voltar para trás e ser como antigamente. Mais do que isso: quanto mais se prolonga tal relacionamento, quanto mais ambos os lados obstinam-se em representar com mentira a proximidade anterior, tanto mais forte sente-se a terrível hostilidade que nunca acontece entre pessoas estranhas, mas surge entre duas pessoas muito íntimas. Tendo tal relacionamento, basta que um diga ao outro a verdade, toda a verdade, entende, a verdade verdadeira que, em seguida, essa verdade se transforma em uma acusação.

Dizer essa verdade, expressar com total franqueza toda sua repulsa a essa mentira amorosa, não significaria por acaso obrigar àquele a quem foi dita a verdade a reconhecê-la silenciosamente e pôr um ponto final em tudo, ou obrigá-lo a mentir por medo deste final, em dobro: por si mesmo e por aquele que a pronunciou. Pois estou lhe escrevendo para dizer essa verdade e peço, suplico a você, meu querido: não minta, deixe essa carta sem resposta, seja sincero comigo pelo menos por meio de seu silêncio.

Antes de tudo, sobre o seu chamado desfalecimento encenado na casa de Iago. Foi daí que tudo começou, ou se quiser, vou ser mais precisa: começou por eu não acreditar nesse tal desfalecimento. Desde o primeiro momento entendi que ele foi a saída de uma situação desfavorável para seu amor-próprio e ultrajante para meu amor. De passagem posso dizer

M. Aguéiev

que, nesta definição, cabe perfeitamente minha primeira suspeita: que você, talvez, esteja doente, suposição que eu afastei em seguida como absolutamente inadequada (não como impossível, mas como errada).

Você sabe que naquela noite eu cuidei de você como pude, trazendo ora água, ora uma toalha molhada, fui carinhosa com você, mas tudo isso já era mentira. Eu já estava pensando em você na terceira pessoa, nos meus pensamentos você tornou-se "ele" para mim. Pensando em você, eu já não me dirigia a você diretamente, mas como se conversasse sobre você com alguém que ficou para mim mais íntimo que você, e este "alguém" era minha razão. Foi assim que eu me tornei estranha para você. Mas naquela noite eu estava mentindo, eu não disse, não podia dizer-lhe a verdade que estou escrevendo agora: eu me senti ofendida. Quando uma pessoa ofende outra, a ofensa pode ser de dois gêneros: premeditada ou involuntária. A primeira não é perigosa: é respondida com briga, xingamento, murro ou tiro. Por mais grosseiro que seja, isso sempre ajuda, e a ofensa premeditada lava-se fácil, como a sujeira no banheiro. Em compensação é terrível a ofensa não premeditada, mas involuntária, sem querer: ela é terrível exatamente porque respondendo-a com xingamento, brigando, ou simplesmente mostrando-se ofendida, a pessoa não apenas não a diminui, mas, pelo contrário, ofende mais ainda a si mesma e isso torna-se insuportável. A diferença da ofensa involuntária está exatamente em que você não apenas não deve respondê-la, mas, ao contrário, demonstrar com todas as suas forças (oh, como isto é penoso!) que não reparou em nada. Foi por isso que não lhe disse nada e mentia.

Mil vezes eu me perguntava e não podia, melhor, não queria achar a resposta. Mil vezes eu me fazia a pergunta — que aconteceu? — e mil vezes recebi a mesma resposta: ele não te quis. *E eu me curvava diante da veracidade dessa resposta, diante de sua unicidade e, mesmo assim, não entendia.* Está bem — *dizia para mim mesma* — ele não

122

me quis, mas neste caso para que fazia tudo aquilo? Para que arranjou nosso encontro na casa de Iago e por que comportava-se e agia de tal maneira que, já pelo comportamento e pelos atos, comprometeu-se a possuir-me e acabou não fazendo isso? Por quê? *A resposta era uma só: pelo visto, porque sua vontade consciente me desejava, enquanto seu corpo, contrariando essa vontade, tinha aversão ao meu. Pensando nisso, eu experimentava o mesmo que deve experimentar um leproso quando beijado na boca por um irmão cristão, e que vê como este irmão cristão vomita logo depois do beijo. Em seus atos, Vadím, eu sentia a mesma coisa: por um lado, a* aspiração de sua vontade consciente, que o justificava totalmente, por outro, a repulsiva desobediência do seu corpo, que me ofendia especialmente. *Não me julgue, Vadím, e entenda que qualquer motivo racional que instiga a possuir uma mulher sexualmente, é profundamente ultrajante para ela, seja este motivo a piedade cristã, isto é, altamente espiritual, ou um sujo interesse monetário. Sim, um contra-senso cometido racionalmente é uma baixeza.*

Você sabia que, no dia seguinte, deveria chegar meu marido. Você sabe também, pois eu lhe falhei sobre isso, que quaisquer que fossem os horrores que me esperassem, eu ia contar a ele honestamente tudo o que acontecera naquele tempo. Mas eu não fiz isso. Depois daquela noite não me achava no direito de fazê-lo, e digo mais: senti por meu marido uma nova ternura de gratidão que me aproximou dele. Sim, Vadím, é assim, e você deve e pode compreender isto. Porque para o coração de uma mulher leprosa, o beijo sensual de um estranho agrada mais que o beijo cristão de um missionário que vence sua repulsa.

Você sabe o que aconteceu depois. Você veio à nossa casa como um convidado, como uma pessoa estranha. Eu entendia, é claro, que na realidade você não se sentia nem um pouco estranho, apenas o fingia, e que você, longe de se sentir estranho, tinha certeza de ser a pessoa mais íntima que

M. Aguéiev

existe para mim. Eu sabia que você pensava assim, mas sabia também o quão profundo era seu engano. E sabe, Vadímuchka, senti, de repente, dó de você, tanta pena por causa dessa sua certeza, e tanta dor por você!

Meu marido, quando o conheceu, gostou de você, isso foi bem visível, e com a falta de tato que lhe é própria, pegando-me pelo braço, levou você para ver nosso apartamento.

Você deve saber que meu marido não é ciumento. Esta ausência do sentimento de ciúme nele explica-se pelo excesso de presunção e pela falta de imaginação. Porém estes mesmos sentimentos que o contém do ciúme, poderiam levá-lo a uma crueldade extrema, caso ele soubesse da minha traição. Meu marido não duvida nem um pouco de que ele e somente ele representa aquele ponto em torno do qual giram todas as outras pessoas. Ele não é capaz de perceber que qualquer ser vivo pensa da mesma maneira e que, do ponto de vista desse qualquer, ele, meu marido, deixando de ser este ponto, por sua vez também começa a girar. Meu marido não pode entender que no mundo existem tantos pontos centrais, em torno dos quais orbita o mundo apercebido e absorvido por eles, quantos seres vivos povoam este mundo. Meu marido aceita e entende o eu humano como centro do mundo, mas presume somente nele mesmo a possibilidade da existência de tal eu. Para ele, todos os outros não têm e não podem ter esse eu. Todos os outros, para ele, são "tu", "ele", "eles", em geral. Dessa maneira, considerando seu ego altamente humano, meu marido não entende que, na realidade, este seu eu é puramente animal, que este eu é aceitável talvez para uma jibóia engolindo um coelho ou para o coelho engolido pela jibóia. Meu marido não consegue entender que a diferença entre o ego animal e o humano consiste em que, para um animal reconhecer o ego do outro significa reconhecer sua derrota, como resultado da fraqueza de seu corpo, quer dizer, de sua insignificância, enquanto para um ser humano reconhecer o ego alheio significa festejar a vitória como resultado da força de seu espírito, quer dizer, de sua magni-

tude. Assim é meu marido, e é uma pena que as coisas mudaram e eu vou continuar com ele. Este golpe contra sua estupidez que a notícia sobre minha traição, dando preferência a outro homem, lhe assestaria, seria bem proveitoso para ele. Você se lembra, é claro, daquele momento quando, mostrando o apartamento para você, nós chegamos finalmente à porta de nosso dormitório. Você deve lembrar-se também de que eu me opus, que não queria abrir a porta de jeito nenhum e como meu marido, zangado e desentendido, acabou por abri-la, empurrou-me para dentro e, deixando você passar, disse: — Entre, entre, isto é nosso dormitório; veja, tudo aqui é de mogno. Você olhou, viu a cama desarrumada, terrivelmente revirada naquela hora, às nove da noite, e entendeu tudo. Eu sei: naqueles minutos, estando no nosso dormitório, você sentiu ciúmes, dor e amargura de um amor ultrajado, vexado. Já naquele momento, eu sabia que você estava passando por estes sentimentos. Mas somente depois eu soube que este ultraje de seu amor foi a hora do nascimento de sua sensualidade. Pena que entendi isto tarde demais.

O que aconteceu depois você sabe. Continuei encontrando-me com você às escondidas, mas esses nossos novos encontros já não eram como antigamente. Cada vez você me levava para uma espelunca qualquer, arrancava a minha roupa e a sua, e cada vez me possuía com mais rudeza, crueldade quaisquer móveis, prefiro meu marido. Entenda. O erotismo do meu marido é resultado de sua pobreza espiritual que é profissional, e por isso não me ofende. Já a sua relação comigo é uma degradação ininterrupta, um empobrecimento precipitado dos sentimentos e que, como qualquer empobrecimento, humilha e dói tanto mais, quanto maior no passado era a riqueza que ele vem substituindo.

Adeus, Vadím. Adeus, meu simpático e querido garoto. Adeus minha esperança, meu conto de fada, meu sonho. Acredite em mim: você é jovem, tem toda uma vida pela frente e você, sim, ainda vai ser feliz. Adeus.

Cocaína

1

Já não era mais possível debruçar-se no peitoril cinza escuro com falsos veios de mármore, cuja borda raspada mostrava a pedra branca, na qual eram afiados canivetes. Já não se podia, debruçando-se nesse peitoril e esticando o pescoço, ver o estreito e comprido pátio com o caminho asfaltado, o portão de madeira sempre trancado, ao lado do qual pendia, numa corrediça enferrujada, a pesada e cansada portinhola em cujo batente inferior os condôminos tropeçavam sempre e, ao tropeçar, infalivelmente olhavam com irritação para trás. Era inverno. As janelas estavam calafetadas com massa de vidraceiro de cor creme, bastante apetitosa. Entre as vidraças duplas, sobre uma camada de algodão, foram colocados dois pequenos copos com um líquido amarelo. Aproximando-se da janela, ainda pelo hábito do verão, respirava-

128   *Romance com Cocaína*

se o calor seco do aquecedor debaixo do.peitoril e sentia-se mais ainda aquele isolamento da rua que, dependendo do estado de espírito, causava sensação de conforto ou de angústia. Agora, da janela do meu quartinho, via-se apenas o muro vizinho em frente, com as manchas de cal endurecida sobre os tijolos, e ainda aquele lugar cercado de paliçada, embaixo, que o nosso porteiro Matvei chamava de jardim dos senhores. Mas bastava ver de relance esse tal jardim ou esses senhores, para entender que a especial deferência, com a qual ele se referia a eles, era intencional, apenas para elevar seu próprio mérito por conta do engrandecimento daqueles a quem ele estava subordinado.

Nos últimos meses, a angústia tomava conta de mim com freqüência. Ficando longamente perto da janela, segurando um cigarro entre dois dedos em estilingue, que soltava fumaça azul pela ponta em brasa alaranjada e a fumaça cinza-sujo pelo bocal, eu tentava contar os tijolos do muro vizinho. Ou, de noite, ao apagar o abajur e, junto com ele, a réplica negra do quarto nos vidros da janela, que tornava-se clara em seguida, eu, com a cabeça levantada, olhava fixamente para os flocos de neve caindo atrás da vidraça até começar a subir de elevador ao encontro dos fios de neve. Às vezes, depois de andar à toa pelo corredor, eu abria a porta, saía para o patamar da escada fria, pensava a quem poderia telefonar, e mesmo sabendo muito bem que não havia a quem ligar, descia até o telefone. Lá, na entrada principal, estava o ruivo Matvei de casaco azul apertado, pregueado nas costas, de boné com tarja dourada, sentado num banquinho, os pés apoiados na barra de baixo. Esfregando os joelhos com suas mãos enormes, como se acabasse de machucá-los, ele, de vez em quan-

M. Aguêiev

do, jogava a cabeça para trás, abria a boca até não poder mais, mostrando a língua que se levantava e tremia, e, bocejando desse jeito, soltava um rugido de tédio, primeiro na tonalidade crescente – *a-o-i*, depois voltando – *i-o-a*. Em seguida, ainda com lágrimas de sono nos olhos, balançava a cabeça censurando a si mesmo, depois esfregava fortemente o rosto, como se tentasse arrancar a pele para se animar.

É provável que essa propensão de Matvei aos bocejos estivesse relacionada com o fato de que os moradores do prédio evitavam seus serviços como podiam e quando podiam, até os menosprezavam e, havia muito tempo, foram instaladas, em todos os apartamentos, campainhas, ligadas à cabina de telefone, para, no caso de chamada, Matvei precisar apenas apertar o botão correspondente.

O toque combinado avisando-me para descer ao telefone era comprido e alarmante e, especialmente naqueles últimos meses, adquiriu uma importância de caráter alegre e emocionante. Porém esses toques aconteciam cada vez com menos freqüência. Iago estava apaixonado. Amigou-se com uma mulher com feições espanholas, já madura e que, não sei por que, odiou-me à primeira vista, por isso nós nos encontrávamos raramente. Tentei alguns encontros com Burkévitz, mas depois desisti resolutamente, não encontrando nenhuma tonalidade comum nas conversas. Com Burkévitz, que se tornou revolucionário, era preciso falar indignando-se civicamente com os pecados alheios contra o bem-estar do povo, ou confessar os seus próprios. Para mim, acostumado a esconder os sentimentos atrás do cinismo, ou, quando necessário, expressá-los em forma de piada, as duas coisas eram desagradáveis e até davam vergonha. Já Burkévitz pertencia àquele grupo de pessoas que, por força dos altos ideais pregados por elas, reprovavam tanto o humor, quanto o cinismo: o humor porque nele viam a presença do cinismo, e o cinismo por falta de humor nele. Sobrava Stein, que me ligava de vez em quando, convidando para um bate-papo, e eu sempre aceitava seus convites.

Stein morava num prédio luxuoso com escadarias de mármore, passadeiras cor de framboesa, porteiro refinadamente atencioso, elevador perfumado que subia voando e parava num tranco inesperado e sempre desagradável, quando o coração continuava voando ainda por um instante e depois despencava. Mal a criada abria a porta enorme, branca, envernizada, mal o silêncio e os aromas desse apartamento muito grande e muito caro envolviam-me, Stein já saía correndo ao meu encontro, com a pressa de um homem terrivelmente ocupado, pegava-me pelo braço, levava-me rapidamente para seu quarto, vasculhava os bolsos dos trajes no guarda-roupa, às vezes até corria para a ante-sala, pelo visto, procurando nos bolsos de seus casacos e peliças também. Depois de tudo revistado, Stein, tranqüilizado por não ter perdido nada, colocava os objetos de sua busca na minha frente. Eram ingressos antigos, já usados, convites, anúncios de espetáculos teatrais, de concertos e bailes, em suma, provas materiais de que ele estivera em tal teatro, tal estréia, ficara sentado em tal fileira e, o principal – o quanto ele pagara por isso. Ao dispor tudo isso numa ordem que visava a aumentar gradativamente a força da impressão causada em mim, usando como critério apenas o valor que fora pago pelo ingresso, Stein começava seu relato, entrecerrando com preguiça seus olhos, como se tentasse vencer o cansaço para cumprir honestamente com essa fastidiosa tarefa.

M. Aguêiev

Sem nunca dizer uma única palavra sobre o desempenho dos atores, se a peça era boa ou má, se a orquestra ou o concertista eram bons, ou, pelo menos, qual era a sua impressão, ou que sentimentos causou nele aquilo que ele viu e ouviu em cena, Stein contava apenas (isso, sim, nos mínimos detalhes) como era o público, a quem dos conhecidos ele encontrou, em que fileira eles estavam sentados, quem estava acompanhando a concubina do bolsista A., ou onde e com quem estava sentado o banqueiro B., a quem ele, Stein, fora apresentado naquela noite, quanto seus novos conhecidos lucram por ano (Stein nunca usava a palavra *ganham*) e era evidente que, exatamente como o nosso porteiro Matvei, ele acreditava com toda sinceridade, que se elevava no meu conceito por conta dos lucros e posições de seus conhecidos. Ao parolar tudo isso com um indolente orgulho, e ainda fazendo uma observação de como era difícil conseguir o ingresso e quanto a mais fora pago ao cambista, Stein, inclinando-se sobre mim, marcava com a unha bem-tratada de seu dedão branco e fortemente achatado o alto preço nominal do ingresso. Aí ele se calava, puxando com esse silêncio meu olhar do bilhete para si, abria os braços, inclinava a cabeça para o ombro e dava um sorriso amarelo querendo demostrar que esse valor exagerado de seu ingresso divertia-o tanto que nem forças ele tem para se indignar.

Às vezes, quando eu chegava, Stein, em suas pernonas compridas, estava numa correria febril. Fazia a barba com uma pressa terrível, a cada instante entrava e saía do banheiro, aprontando-se para sair ora para um baile ou para uma festa, ora para um concerto ou a uma visita, e parecia-me estranho o porquê dele estar precisando de mim, a quem acabara de cha-

132   *Romance com Cocaína*

mar pelo telefone. Espalhando suas coisas, necessárias ou não para a ocasião, ele as mostrava a mim apressadamente: suspensórios, meias, lenços, perfumes, gravatas, dizendo de passagem o preço de cada uma e o lugar onde fora comprada.

Quando, já quase pronto, de casaco de lã sedosa, de gorro pontiagudo de castor, franzindo o rosto por causa do cigarro aceso que lhe picava os olhos, ele diante do espelho com a cabeça para trás, passava a mão pelo pescoço barbeado e, empoado, (olhando-se no espelho Stein sempre abaixava os cantos da boca, fazendo-a parecer com a de um peixe), pronunciava de repente com voz entrecortada: — *Bom, vamo-nos,* — e tirando os olhos do espelho com visível dificuldade, dirigia-se à porta e corria escada abaixo tão rapidamente que eu mal conseguia acompanhá-lo. Não sei por que, mas nessa minha corrida atrás dele pela escada havia algo de terrivelmente ofensivo, humilhante, vergonhoso. Embaixo, onde um cocheiro já estava esperando por Stein, ele, sem mais nenhum interesse em mim, despedia-se, dava-me sua mão sem apertar, tirava-a em seguida, e, voltando as costas, subia à caleche e ia embora.

Lembro-me de que uma vez pedi-lhe dinheiro emprestado. Uma ninharia, alguns rublos apenas. Sem dizer uma palavra, Stein, num movimento suave, franzindo um olho, como para evitar a fumaça, embora não estivesse fumando naquele momento, tirou do bolso seu porta-notas de seda, extraiu dele uma nota de cem rublos, novinha e estalejante. — *Será que empresta?* — pensei. E coisa estranha: apesar de precisar muito de dinheiro, senti uma forte decepção. Como se nesse curto momento tivesse me certificado de que a bondade que um patife demonstra decepciona da mesma

M. Aguêiev

maneira que a baixeza cometida por uma pessoa de altos ideais. Mas Stein não emprestou. – *É tudo que eu tenho* – acenando com o queixo para a nota. – *Se esses cem rublos fossem em notas menores, emprestaria até dez rublos. Mas como é uma nota só, não quero trocá-la, mesmo se você precisasse apenas de dez copeques.* Porém, seus olhos ruivos, que nunca olhavam para os meus, mas apenas para o rosto, não viam o que pretendiam ver. – *Cem rublos trocados já não são mais cem rublos* – demonstrando perder a paciência explicou ele e, não sei por que, virou para mim a palma da mão. – *Dinheiro trocado é dinheiro tocado, quer dizer, gasto.* – *É claro, é claro* – acenava eu com a cabeça e sorria alegremente, tentando com todas as forças esconder a mágoa, percebendo que se a revelasse (Sônia escreveu a pura verdade), ela seria mais dolorosa ainda. E Stein, com cara de censura, porque duvidaram dele e, ao mesmo tempo, de contentamento, porque lhe deram toda razão, abriu num gesto seus braços. – *Senhores,* – disse ele com ar repreensivo e cheio de si, – *já é hora, já é hora de tornarmo-nos europeus, finalmente. Já é hora de entender certas coisas.*

Apesar de eu freqüentar bastante a casa de Stein, ele não se deu ao trabalho de me apresentar a seus pais. A verdade é que se Stein freqüentasse meu apartamento, eu também não o teria apresentado a minha mãe. Porém nossas atitudes idênticas tinham razões diferentes: Stein não me apresentava a seus pais por ter vergonha de mim, eu não apresentaria Stein a minha mãe por ter vergonha dela. E, cada vez que eu voltava do apartamento de Stein para minha casa, torturava-me a amarga consciência de ultraje de um pobretão, cuja superioridade espiritual era forte demais para permitir-lhe uma inveja franca, e fraca demais para deixá-lo indiferente.

134 *Romance com Cocaína*

É muito estranho o fato de que fenômenos extremamente opostos têm um poder de atração quase irresistível. Um sujeito está almoçando, de repente, em algum lugar às costas dele, um cachorro vomita. A pessoa poderia continuar comendo e não olhar para essa nojeira. A pessoa, afinal, poderia parar de comer, levantar-se e sair sem olhar. Poderia. Mas uma força enfadonha, como uma tentação (Ora! que tentação haveria nisso?) puxa e puxa a pessoa a virar a cabeça e olhar, olhar para aquilo que causará nela um arrepio de tanto asco, para aquilo que ela não quer ver em absoluto.

Pois era esse tipo de atração que eu sentia em relação a Stein. Cada vez, voltando da casa dele, eu jurava para mim mesmo que meus pés não pisariam mais lá. Mas, alguns dias depois, ele me ligava e eu ia de novo para ter o prazer de avivar minha repulsa. Freqüentemente, deitado no meu quartinho de luz apagada, eu me imaginava um comerciante: negócios indo muito bem, eu já abrindo meu próprio banco e Stein, paupérrimo, esfarrapado, corre atrás de mim, procura minha amizade, tem inveja de mim. Tais sonhos, tais visões eram-me extremamente agradáveis, porém, embora possa parecer muito estranho e contraditório, justamente esse sentimento de prazer, despertado por tais visões, era extremamente desagradável para mim. Seja como for, naquela noite pulei radiante do sofá, quando ouvi aquele doido e prolongado som da campainha, chamando-me ao telefone. Nessa noite memorável, e para mim terrível, eu, como antes, estava pronto para ir novamente à casa de Stein, que me chamava. Mas não era Stein. Desci correndo a escada fria, entrei na cabina que cheirava a pó-de-arroz e a suor e levantei o fone que pendia até o chão no retorcido fio verde: o sussurro que escarrava dele não pertencia a

M. Aguêiev

Stein, mas a Zanders, estudante que conhecera havia pouco tempo no escritório da universidade. Esse Zanders latia roucamente no meu ouvido, dizendo que naquela noite ele e seu amigo resolveram fazer uma sessão de *"fungada"* (não entendi, tornei a perguntar e ele explicou que isso significava cheirar cocaína), mas que eles tinham pouco dinheiro e seria bom se eu pudesse colaborar e que eles estariam me esperando no café. Eu tinha uma noção bastante vaga sobre a cocaína, não sei por que parecia-me algo como álcool (pelo grau do perigo de sua ação no organismo, ao menos) e, como eu não sabia o que fazer comigo mesmo e para onde ir   naquela noite, aliás, como em todas as outras ultimamente, e tinha quinze rublos, aceitei o convite com prazer.

2

Fazia um frio seco e forte, tudo parecia estar comprimido por ele a ponto de estalar. Quando o trenó aproximou-se da galeria, de todos os lados ouvia-se um estridente som metálico produzido por passos; de todos os telhados subia uma fumaça branca formando colunas, e a cidade parecia uma gigantesca lamparina pendurada no céu. Na galeria, também, fazia muito frio, os ruídos ecoavam, os espelhos estavam cobertos de geada, mas quando abri a porta do café, escapou uma nuvem de calor de lavanderia, cheiros e sons.

O pequeno vestiário separado da sala apenas por um tabique, estava tão repleto de casacos, um em cima do outro, que o porteiro, que acabou de tirar de mim meu capote, segurando-o pela cintura, precisou pular ofegante, como que subindo uma montanha, tentando, às cegas acertar o gancho com o colarinho que caía a toda hora. Nas prateleiras da parede e

136   *Romance com Cocaína*

do espelho, os bonés e os gorros formavam colunas, embaixo estavam as galochas e as botas enfiadas umas nas outras e numeradas a giz.

Justamente quando consegui enfiar-me na sala, o violinista, já com o violino debaixo do queixo, levantou solenemente o arco, pôs-se nas pontas dos pés, soergueu os ombros, inclinou-se de repente e fazendo disparar o piano e o violoncelo com esse movimento, começou a tocar.

Estando perto dos músicos e olhando para a sala repleta de gente que aumentou a zoeira das vozes logo que começaram a tocar, eu procurava localizar Zanders. Do meu lado, o pianista mexia energicamente seus cotovelos, as omoplatas e o torso todo, a cadeira com um livro de notas rasgado debaixo dele curvava-se e seu espaldar desgrudado andava passeando para cá e para lá; o violoncelista, de sobrancelhas levantadas e cara enternecida, colocava o ouvido no dedo que oscilava na corda; e o violinista, com os pés afastados e firmes, serpeava o torso numa veemência impaciente; causava vergonha ver no seu rosto a expressão de lasciva satisfação com seus próprios sons, convidando com insistência de que olhassem para ele, mas ninguém o olhava. Na ponta dos pés, encolhendo a barriga, passando de lado com dificuldade entre as mesas colocadas muito perto, eu, sem querer, por uma necessidade que surgia freqüentemente nos últimos meses de desnudar diante de mim mesmo a minha nulidade mental, procurava a definição exata do que é música, e não a encontrava, é claro. Nesse lado a sala estava um pouco menos apertada, os sons, mudando de rumo como vento, afastavam-se, às vezes, dos músicos, e então seus arcos moviam-se silenciosamente. Perto de uma enorme janela, por cima das cabeças, destacava-se Zanders, agitando um

M. Aguêiev

137

lenço para chamar minha atenção. — *Ah, finalmente! Eis você aqui finalmente* — dizia ele abrindo caminho ao meu encontro e com as duas mãos pegou minha mão. — *Como vai?* — sua cabeça tremia — *como vai, Vádia?* Ele tinha essa doença, esse tremor da cabeça, depois do qual todas as palavras ditas eram esquecidas por ele, saíam às sacudidas, e ele as repetia com tenacidade impertinente. Seus olhinhos picantes e o nariz de ave de rapina enrugavam-se de contentamento. Sem soltar minha mão, indo de costas por uma passagem estreita, ele me puxava para a mesa onde estavam mais duas pessoas. Pela expressão de expectativa com a qual me fitavam, era claro que estavam com Zanders e que ele iria apresentar-nos agora. Os dois se levantaram, a um deles Zanders chamou de Khirgue e ao outro de Mick, sua cabeça tremeu três vezes e três vezes ele contou que Mick era caricaturista e dançarino, mas não disse nada sobre o outro, o Khirgue. Porém era fácil caracterizá-lo, pelo menos por fora, em duas palavras: uma *aversão indolente*. Quando chegamos à mesa, ele se levantou com uma aversão indolente, estendeu-me sua mão com uma aversão indolente e, ao sentar-se, começou a olhar por cima das cabeças com a mesma aversão indolente. O segundo, o Mick, estava visivelmente nervoso. Sem tirar o cigarro da boca, que balançava quando ele falava, e sem olhar para mim, dirigiu-se a Zanders: —*Não fique aí fazendo hora, esclareça a situação.* E, ao ouvir que a situação já fora esclarecida, que havia quinze rublos, ele fez uma careta azeda para Zanders, depois esboçou um sorriso, desfez a careta e o sorriso e bateu fortemente com seu anel contra o vidro da mesa. Khirgue olhava com uma aversão indolente para o lado. Uma garçonete, de cara tremendamente exausta e que logo me pareceu muito familiar, virou-se bruscamente ao ouvir a batida, encostou a barriga de avental engomado contra o canto da mesa, enfiando-o nela, e começou a recolher copos vazios. Somente quando estava catando os tocos de cigarros (que não estavam no cinzeiro, mas espalhados diretamente na mesa) e, expressando nojo com os cantos da boca abaixados, ela balançou a cabeça, querendo dizer que não *esperava nada mais de vocês a não ser essa tamanha porcaria*, eu vi que era Nelli. Sem olhar para mim, embora a cumprimentasse e perguntasse como ia, Nelli continuou limpando apressadamente o vidro da mesa com um paninho e respondeu apenas — *bem, merci*, e ficou corada com manchas doentias cor de tijolo. Ao terminar de arrumar a mesa lançou um olhar temeroso para o bufê e, de repente, inclinando-se para Khirgue, disse rapidamente que seu expediente estava terminando e que ela estaria esperando a gente embaixo. Em resposta Khirgue, já com os braços apoiados na mesa justamente num esforço para se levantar, entortou a cara como se estivesse ferido mortalmente e abanou a cabeça com uma aversão indolente.

<h1 style="text-align:center">3</h1>

Nem quinze minutos se passaram, quando todos nós, Nelli, Zanders, Mick, e eu já estávamos acomodados, esperando por Khirgue que foi buscar cocaína numa salinha bem aquecida e cheia de mobília extremamente caduca (Khirgue não cheirava cocaína, apenas traficava, segundo fora informado no caminho). Logo atrás da porta, que se abria somente pela metade, estava um pequeno e velho piano, cujas teclas tinham a cor de dentes nunca escovados; no seu peito, havia castiçais mal atarraxados e meio soltos com velas torcidas — vermelhas, cheias de pontinhos dourados e com

M. Aguêiev

rabinhos brancos dos pavios, elas pendiam para lados opostos, porque as bocas dos castiçais eram grandes demais. Do lado do piano, seguindo a mesma parede, sobressaía a lareira. Sobre a tampa de mármore branco, numa redoma de vidro, dois cavalheiros franceses, de casacas, meias, botinhas de fivelas, inclinavam suas cabecinhas e, colocando os pés num elegante passo de minueto, pretendiam atirar ao ar um relógio cujo mostrador branco sem vidro tinha um buraco negro para dar corda e apenas um ponteiro, mesmo assim entortado. No centro do quarto, havia duas poltronas baixas, de veludo amarelo, se alisado, mas passando a mão a contrapelo, tornava-se tão escuro que se podia escrever nele. Entre as poltronas, estava uma mesa oval negra laqueada. Suas pernas de curvas intrincadas juntavam-se debaixo dela numa placa, onde estava um álbum de família, de que me certifiquei logo que o tirei e abri.O álbum era fechado por uma fivela com uma bolinha que, ao ser pressionada, fez o álbum abrir-se num pulo. A capa era de veludo lilás, tendo nos cantos da face oposta, cabeças de pregos de cobre, um pouco gastas, em cima das quais o álbum repousava como sobre rodinhas. Na frente, com tinta rachada, estava pintada uma troika [três cavalos atrelados em um carro ou trenó] dirigida por um cocheiro com o chicote na mão levantada e uma nuvem de neve saindo debaixo do trenó. Mal comecei a virar as páginas com bordas douradas e feitas de cartolina tão grossa e dura que elas batiam uma contra outra como placas de madeira, quando Mick, muito animado, chamou-me para o outro canto da sala. — *Olhe só para isso* — disse ele, de costas e sem olhar para mim, acenando com o braço esticado para trás. — *Olhe para esse bastardo, para esse horror!* — E apontou

140   *Romance com Cocaína*

para a estatueta de bronze representando um bebê nu que mantinha suspenso um enorme candelabro com sua mãozinha rechonchuda. — *Dá arrepios só de pensar no idiotismo das pessoas que o fizeram, e ainda das que compraram essa coisa.* — *Não, meu querido, olhe* (ele agarrou-me pelos ombros), *olhe para sua cara.* Imagine (apertou o punho contra sua testa), *esse bebê levantando tamanho peso, cinco vezes maior do que o seu próprio! Isso é monstruoso, é como se você ou eu levantássemos vinte* puds [antiga medida de peso russa igual a 16,3 kg (N. do T.)], *não é? Entretanto, qual é a expressão de sua carinha? Está vendo nela algum sinal de luta, esforço ou tensão? Serre sua mãozinha do candelabro e, eu lhe asseguro que, olhando para essa carinha, a babá mais sensível não saberia adivinhar se o nenê quer dormir ou se vai fazer ... agora. Que horror, que horror!*

— *Mas que diabo você está querendo de novo?* — gritou alegremente Zanders do outro canto da sala e dirigiu-se para nós, contornando as poltronas, mas nesse momento entrou o Khirgue. Ele estava de roupão, trazendo cuidadosamente algo nas mãos apertadas contra o peito. Logo que ele apareceu, não, logo que empurrou a porta com o joelho, todos – Mick, Zanders e Nelli – foram a seu encontro, mas como ele não parou, voltaram seguindo-o até a mesa laqueada, onde havia mais luz debaixo do abajur. Eu também me aproximei. Na mesinha, já estava uma caixinha de latão, parecida com aquelas de palitos doces que vendem na loja de Abrikóssov, só que menor e mais curta. No seu latão brilhante, como se fosse lustrado, ficaram colados restos de papel de embrulho. Do lado, estava algo parecido com um compasso com um fio de linha no meio e mais uma caixinha de madeira. —*Vai logo, anda, está esperando o quê?* — disse Mick — *olha pra nossa belezoca,*

M. Aguêiev   141

está que não se agüenta mais. E acenou para Nelli, que com expressão de um mal súbito no rosto, ora se agachava colocando os cotovelos na mesa, ora endireitava-se, e não tirava os olhos de Khirgue, como se estivesse escolhendo onde seria melhor dar uma mordida – em cima ou embaixo.

Khirgue, com ar cansado esfregou a testa, e mexendo com aversão a língua e os lábios, disse: – *Hoje um grama custa sete e cinqüenta, significa que para você é esse tanto.* As últimas palavras, pelo visto, destinavam-se a minha pessoa e, vendo o indignado piscar dos olhos de Zanders, como se logo na hora certa me faltasse a memória de reproduzir o papel ensaiado comigo antes, eu disse que tinha quase quinze rublos, faltando uma mixaria. – *Para mim, um grama,* – proferiu inesperadamente Nelli e mordeu o lábio inferior tão forte que deixou uma marca branca nele. Khirgue entrecerrou os olhos em sinal de acordo, deixou a cabeça cair um pouco, colocou o cigarro aceso na borda da mesa, e, sem ligar para Mick que resfolegou ruidosamente, demonstrando impaciência, andou pela sala segurando a cabeça entre as mãos como uma jarra, e abriu a lata. –*Para você, então, dois gramas –* disse-me Khirgue, tentando tirar com cuidado algo azul de dentro dela. *Não,* – interferiu Zanders – *como assim? É preciso dividi-los.* E depois de mais um estremecimento da cabeça: – *Isto é para ser dividido.* Nesse instante Mick veio até a mesa correndo, o dedo indicador levantado, como se lhe ocorresse uma brilhante idéia, e com entusiasmo sugeriu dividir os três gramas em quatro partes iguais, para que desse três quartos para cada um. Nelli, baixou os olhos com raiva e disse: – *Ah, não, quero um grama inteiro, trabalhei o dia todo por esse dinheiro.* Ela mordeu o lábio novamente e não levantou os olhos. —*Tá bom, tá bom* – aba-

142   *Romance com Cocaína*

nou para ela a mão Mick num gesto de conciliação e de ódio. —*Então, vamos fazer diferente.* E ele sugeriu dividir meus dois gramas, dando três quartos para ele, outros três quartos para Zanders, e para mim, como principiante, meio grama.

— *Pode ser assim?* — perguntou ele fitando-me com carinho. Zanders interferiu também, duvidando que os três quartos mais três quartos mais meio grama fosse igual a dois inteiros.

Vendo que o acordo comum foi conseguido finalmente, Khirgue, que até esse momento estava em pé com a cabeça e os braços abaixados, recebeu o dinheiro de Nelli e de mim, contou-o, colocou-o no bolso, puxou mais uma vez o cigarro, para que ele não queimasse a mesa e pegou a caixinha de latão com algo azul dentro. Somente quando Khirgue tirou esse algo da lata, eu entendi que era um cartucho de papel azul e aquilo que estava do lado da lata era balança de precisão que eu tinha tomado por compasso. Do bolso do colete ele tirou uma pazinha de osso e uns papeizinhos dobrados para remédios em pó como nas farmácias. Abriu um deles, que estava vazio, colocou-o num dos pratinhos da balança, jogou no outro um minúsculo pedaço de metal tirado da caixinha de madeira, onde estavam os pesos, e levantou o travessão o suficiente para que os fios se esticassem e os pratos continuassem tocando a superfície da mesa. Mantendo a balança numa mão, com a outra que segurava a pazinha de osso abriu a boca do cartucho e mergulhou nele a pazinha. O papel farfalhou, aí eu reparei que dentro do cartucho havia um outro, branco, parecendo papel-manteiga e foi este que farfalhou. Na pazinha tirada cautelosamente, estava um montinho de pó branco. Ele era muito branco e cintilante, lembrando cristais de naftalina. Com cautela Khirgue jogou-o no pacotinho que estava na balança e com a

M. Aguêiev

outra mão levantou um pouquinho o travessão. O prato com o pedacinho de metal pesava mais. Então, sem abaixar a balança solevantada Khirgue enfiou de novo a pazinha no cartucho azul, o que deve ter sido muito incômodo e difícil para o braço. — *Segure o cartucho* — disse ele para Mick, que estava mais perto dele que os outros, e somente então eu percebi que silêncio terrível reinava no quarto. — *Eh, aqui não tem quase nada* — disse Mick, enquanto Khirgue, sem responder, tirou mais cocaína e começou a jogar o pó sobre o prato da balança com o bater do dedo contra a pazinha, assim como batem no cigarro para tirar a cinza. Quando a balança igualou-se, Khirgue, com um movimento cuidadoso e preciso, jogou no cartucho o pó que sobrava na pá. Abaixou o travessão, tirou o papelzinho, fechou-o, apertou-o com o dedo, tornando a cocaína compacta, lisa e brilhante, e entregou-a a Nelli.

Enquanto Khirgue pesava e preparava outro pacotinho (ele costumava vendê-los já prontos, mas, Mick, ainda no caminho, impôs a condição obrigatória de sua presença durante a pesagem com receio, como eu soube depois, que Khirgue adicionasse quinino), pois bem, enquanto preparava-se o pacotinho seguinte, eu olhava para Nelli. Ela, ali mesmo na mesa, abriu o seu, tirou da bolsa um tubinho de vidro, fininho e curto, com a ponta dele separou um minúsculo montinho do pó que se tornou fofo em seguida. Depois, por cima aproximou dele a ponta do tubinho, inclinou a cabeça, pôs a outra ponta em sua narina e puxou o ar. O montinho separado desapareceu, apesar de o tubinho de vidro não ter tocado a cocaína, fora apenas apontado para ela . Ao proceder da mesma forma com a outra narina, ela dobrou o pacotinho com o pó, guardou-o na bolsa, afastou-se para um canto da sala e acomodou-se na poltrona.

144   *Romance com Cocaína*

Nesse meio tempo, Khirgue já conseguira pesar a dose seguinte, pela qual ansiava Zanders agora. — *Ah, mas não feche o pacote, por favor* — dizia ele —, enquanto Khirgue terminava seu trabalho, com a cabeça inclinada como se o admirasse — *não o aperte, não prense, não é preciso.* E ao receber com sua mão trêmula o pó aberto da mão tranqüila de Khirgue, Zanders despejou no dorso da outra um montinho, porém bem maior que o de Nelli. Depois, esticando seu pescoço cabeludo para continuar em cima da mesa, Zanders aproximou seu nariz do montinho, sem encostá-lo no pó, entortou a cara para um lado para poder fechar a narina do outro e puxou ruidosamente o ar. O montinho sumiu da mão. Repetiu o mesmo com a outra narina, com a diferença de que o montinho destinado a esta era tão insignificante, que mal podia ser visto. — *Só posso cheirar com a esquerda* — explicou-me ele com ar de quem se gaba disfarçadamente de uma peculiaridade sua, com ar de perplexidade e fazendo careta de repugnância, botou a língua bem para fora, lambeu várias vezes o lugar da mão onde estava o pó, depois, ao notar que uma fração dele caiu do nariz na mesa, inclinou-se e lambeu a mesa, deixando na superfície laqueada uma mancha opaca que desapareceu rapidamente.

Meu pó também já fora pesado e estava na minha frente bem embrulhado, enquanto Mick, ao fechar a porta atrás de Khirgue que saiu, despejou com muito cuidado sua porção num frasco de vidro minúsculo que ele tirou do bolso. Depois de cheirar (ele fazia isso a sua maneira, diferente dos outros, introduzia a parte cega do palito de dente no frasco, onde a cocaína grudou pontilhada nas paredes, tirava na ponta uma piramidezinha do pó, levava-a à narina sem deixar cair nada),

M. Aguêiev   **145**

Mick viu meu pacotinho. — *E você, por que não está cheirando?* — perguntou-me atônito em tom de censura, como se eu estivesse lendo jornal no saguão de um teatro, quando o espetáculo já havia começado. Expliquei que eu não sabia como e, aliás, não tinha com que fazê-lo. — *Vamos, eu faço para você!* — disse como se eu não tivesse ingresso e ele estava pronto a arranjar um para mim. — *Senhores,* — chamou ele a Zanders e Nelli que estavam abrindo a mesa de jogo no canto da sala, giz e baralho já preparados — *o que estão fazendo? Venham assistir, pois aqui estão ajudando uma pessoa a perder sua castidade nasal!* A cocaína no meu pacotinho estava achatada, mais grossa no meio, as bordas faziam uma curva ondulada. Quando Mick o abriu, o pó rachou no meio e pareceu dar um pulo. Ele pegou um pouco do pó na cavidade do palito de dente e, abraçou-me pelos ombros e puxou-me para si levemente. Agora eu via seu rosto bem perto de mim. Seus olhos brilhavam quentes e úmidos, os lábios fechados mexiam-se sem parar, como se ele estivesse chupando uma bala. — *Vou levar essa pitada até sua narina e você aspire tudo, é só* — disse Mick, levantando o palito com cuidado. Logo que senti o palito perto quis aspirar o ar, mas Mick abaixou o palito, dizendo — *o, diacho.* O palito estava vazio.

— *Mas o que você fez* — falou Zanders nervoso (ele e Nelli já estavam perto da mesa), *você assoprou!* Na verdade, eu tinha medo de que minha respiração que até prendi antes, pudesse dispersar esse pó branco e, ao notar que minha japona debaixo do queixo ficou polvilhada, comecei a limpá-la com a manga, como costumava limpar pó-de-arroz. — *O que está fazendo, canalha!* — gritou Zanders e tombando de joelhos no chão, tirou seu pacotinho e começou a catar e colocar nele as migalhinhas. Percebendo que cometi uma terrível gafe, olhei com súplica

146   *Romance com Cocaína*

para Nelli. — *Não, não, você não sabe fazer* — respondeu ela tran-
qüilizando-me, pegou o palito de Mick esticando o braço por
cima da mesa, contornando Zanders que rastejava pelo chão,
sussurrou *"sssa Senhora"* aspirando o ar, bem do jeito feminino,
e chegou perto de mim. — *Veja bem, meu queridinho, será que você
me entende* — abanando com o palito, começou a falar indistinta-
mente, como se algo estivesse apertando seus dentes — *a cocaína, ou* cokch, *como nós a chamamos,* cokch, *entende, simplesmente*
cokch, *então, essa* cokch... — *Ou cocaína, como nós a chamamos* —
interferiu Mick, mas Nelli abanou para ele com o palito. *Bom,
essa* cokch — continuou ela — *ela é extremamente, magicamente leve.
Entende? Basta o mínimo sopro para dispersá-la. Então, para não so-
prar nele, você não deve respirar* para fora *de si, ou melhor, você deve
soltar o ar antes.* — *Dos pulmões evidentemente* — completou Mick
com ar grave. — *Dos pulmões* — arrulhava Nelli, e em seguida
para Mick: — *caia fora, só está me atrapalhando* — e de novo para
mim: — *então, está entendendo? Logo que eu aproximar a pitadinha, você
não deve respirar* para fora, *mas puxar o ar para dentro de uma vez.
Agora sim, entendeu* — disse ela, pegando o pó com o palito.

Obedeci, prendi a respiração assim como ela mandou, e
logo que senti o palito fazendo cócegas em minha narina, aspi-
rei. — *Perfeito* — disse ela — *agora mais uma vez* — e de novo pegou
a cocaína com o palito. Na primeira pitada, eu não senti nada
no nariz, apenas e só por um instante senti um odor específico
de farmácia, mas não desagradável, que volatilizou-se logo que
puxei o ar. Senti o palito na outra narina e, criando coragem
desta vez, puxei o ar bem mais forte. Porém exagerei, pelo
visto, senti que o pó coceguento chegou até a nasofaringe e,
deglutindo instintivamente, senti como um amargor asquero-
so e forte derramava-se pela minha boca junto com a saliva.

M. Aguêiev

Sob o olhar perscrutador de Nelli, eu me esforçava em não fazer caretas. Seus olhos, habitualmente de um azul meio sujo, tornaram-se totalmente pretos agora, apenas uma pequena faixa azul contornava suas pupilas de fogo terrivelmente dilatadas. Os lábios, como os de Mick, mexiam-se num movimento constante de lambidela, e eu tive vontade de perguntar o que era que eles estavam chupando, mas naquele instante, ao devolver o palito a Mick, Nelli dirigiu-se rapidamente à porta e, virando a cabeça, disse: —*Só por um minutinho, eu já volto* — e saiu.

O amargor na boca passou quase totalmente, ficou apenas aquela sensação de que a laringe e gengiva estivessem congeladas, como depois de respirar por muito tempo pela boca no frio, e fechando-a depois, ela parece mais fria ainda por causa da saliva quente. Mas os dentes estavam congelados mesmo, tanto que, apertando um deles, sentia-se que se arrastavam atrás dele, sem dor, todos os outros, como se estivessem engatados um no outro.

— *Agora você deve respirar somente pelo nariz* — disse Mick, e realmente a respiração ficou tão fácil, como se os orifícios do nariz tivessem-se dilatado até o extremo e o ar tornou-se excepcionalmente leve e fresco. — *Tsc, tsc, tsc,* — parou-me Mick com um gesto assustado da mão, vendo que tirei o lenço. — *Deixe disso, isso não pode* — falou severamente. — *E se eu preciso assoar o nariz?* — insistia eu. — *Mas o que você está dizendo?* — respondeu ele batendo com seu punho na testa. — *Precisa ser um idiota para assoar o nariz depois de uma pitada. Onde já se viu isso? Vá engolindo. Isto é cocaína, não um remédio contra o resfriado.*

Enquanto isso, Zanders, com o pó na mão, sentou-se na ponta de uma cadeira, ficou assim um tempinho, tremeu com a cabeça e, como se lembrando de alguma coisa, foi até a porta.

148   *Romance com Cocaína*

— *Escute, Zanders* — interrompeu-o Mick, — *bata lá na porta, fale para Nelli que se apresse. E vê se você também não demora porque eu não morri ainda.*

Quando Zanders fechou atrás de si a porta com movimentos estranhos de uma precaução medrosa, perguntei a Mick qual era o problema, para onde eles todos saíam.. — *Ah, coisa de nada* — respondeu ele (também já falando esquisito, por entre os dentes) — *simplesmente, depois das primeiras pitadas, o intestino se solta, mas isso passa logo e até o fim da cheirada não acontece mais. Com você isso talvez não ocorra ainda* — acrescentou ele como quem quer tranqüilizar e ficando à escuta perto da porta. — *Acho que para mim a cocaína não vai funcionar* —disse eu de repente, inesperadamente para mim mesmo, e ao ouvir o som purificado da minha voz, senti tamanho prazer e entusiasmo, como se dissesse algo tremendamente inteligente. Mick atravessou todo o quarto só para bater no meu ombro com ar de superioridade. — *Isso você pode contar para sua vovozinha* — respondeu ele. Sorriu para mim com malícia, foi de novo até a porta, abriu-a e saiu.

4

Agora não há mais ninguém no quarto. Aproximo-me da lareira, sento-me perto da boca engradada e começo a fazer dentro de mim um trabalho que qualquer um faria no meu lugar e na minha situação: mobilizo todos os meus sentidos, obrigando-os a observar as modificações em minhas sensações. Isto é autodefesa: ela é necessária para restaurar a barragem entre a percepção interna e sua exteriorização. Mick, Nelli e Zanders voltam para o quarto. Eu abro meu pacotinho no braço da poltrona, peço o palito de dentes a Mick e aspiro mais duas pitadas. Faço isso não para mim, mas para *eles*, evidente-

M. Aguêiev

149

mente. O papel crepita, o pó dá pulos a cada estalido, mas eu faço tudo sem deixar cair nada. Uma ligeira sensação de alegria que experimento eu atribuo à minha habilidade.

Acomodo-me na poltrona. Sinto-me bem. Dentro de mim uma luz observadora segue atenciosamente minhas sensações. Estou na expectativa de uma explosão nelas, na expectativa de raios, como conseqüência da tomada do anestésico, e quanto mais tempo passa, mais eu me convenço de que não há nenhuma explosão, nenhum raio nem haverá. Quer dizer que a cocaína realmente não funciona para mim. E a consciência de que um veneno tão forte é impotente em mim, dá alegria e, junto com ela, cresce e solidifica-se cada vez mais a convicção de que minha personalidade é excepcional.

No fundo do quarto, Nelli e Zanders lançam cartas um para o outro na mesa de jogo. Eis Mick que bate nos seus bolsos, encontra fósforos, acende a vela num castiçal alto. Olho com ternura para o cuidado com que ele proteje a vela com a palma da mão semicerrada e carrega a luz da chama no seu rosto.

Eu me sinto cada vez melhor e mais feliz. Sinto como minha felicidade entra com sua cabecinha terna pela minha garganta e faz-me cócegas. Eu já não agüento tanta felicidade (sinto uma leve falta de ar), preciso despejar pelo menos um pouquinho dela e tenho vontade de contar alguma coisa a essas pobres e pequenas criaturas.

Não faz mal que eles chiem comigo, gesticulem com as mãos, exigindo que eu me cale (como foi rigorosamente estipulado antes). Não faz mal porque não me sinto ofendido por eles. Por um instante, apenas por um curtíssimo instante, surge dentro de mim *uma expectativa* desse sentimento de mágoa. Mas mesmo a expectativa como também a surpresa de não ter sentido mágoa nenhuma já não são mais emoções, mas espécies de deduções teóricas sobre como meus sentimentos deveriam responder a tais acontecimentos. A minha felicidade já é tão forte que passa ilesa por qualquer ofensa: como uma nuvem, ela não pode ser arranhada nem com a faca mais afiada.

Mick toca um acorde. Eu me estremeço. Somente agora percebo como meu corpo está tenso. Sentado na poltrona, eu não estou recostado, os músculos do intestino estão numa contração desagradável. Eu me recosto, mas isso não ajuda. Contra minha vontade continuo tremendamente tenso nessa confortável e macia poltrona, como se a qualquer momento ela pudesse quebrar-se e ruir debaixo de mim.

Sobre o piano está acesa a vela, acima de Mick. A pequena chama agita-se levemente e uma sombra, parecendo bigode debaixo do nariz de Mick, mexe-se no sentido contrário. Mick toca mais um acorde, repete-o bem baixinho, e eu tenho a impressão de que ele desaparece flutuando junto com o quarto todo.

— *Bom, diga* agora *o que é música* —, sussurram meus lábios. Toda minha felicidade junta-se debaixo da garganta em um nó que pula histericamente. — *Música é uma representação sonora da emoção do movimento e do movimento da emoção simultaneamente.* — Inúmeras vezes meus lábios repetem, sussurram estas palavras. Cada vez mais eu penetro no seu sentido e me consumo de admiração.

Tento suspirar, mas estou inteiramente tão tenso, que para poder puxar o ar mais fundo, respiro e aspiro a arrancos curtos. Quero pegar o pó do braço da poltrona e cheirar, mas apesar de concentrar toda minha força de vontade para fazer as mãos se movimentarem rapidamente, elas não obedecem,

M. Aguêiev
151

mexem-se devagar e estão contidas, numa petrificação, pelo medo de quebrar, derramar, derrubar.

Há tempos estou sentado de pernas cruzadas, inclinado um pouco para o lado. A perna e o lado em que apóio todo meu peso cansaram-se, adormeceram, estão pedindo uma mudança de posição. Forço minha vontade, tento mexer-me, sentar de outro modo, virar para o outro lado, mas o corpo está assustado, congelado, paralisado e parece que basta ele se mexer para tudo cair com estrondo. O desejo de romper, de perturbar este estado de petrificação medrosa e, ao mesmo tempo, esta incapacidade de fazê-lo produzem em mim irritação. Mas essa irritação também é muda, afundada nas entranhas, sem nenhuma descarga e por isso crescente.

— *Nosso Vadím já está totalmente* "cheirado". — É Mick quem está falando isso. Passa um certo tempo, durante o qual, todos, eu sei, estão olhando para mim. Continuo como pedra, sem virar a cabeça. No pescoço, a mesma sensação: se virar a cabeça, eu faço o quarto tombar. — *Não está* cheirado *nada. Simplesmente ele está tendo uma reação, tem que lhe dar uma pitada o quanto antes.* — Quem está falando isso é Nelli.

Mick aproxima-se de mim. Ouço ele abrir o pacotinho sobre minha orelha, mas não olho para lá. Viro os olhos para o outro lado, abaixo-os, faço tudo para que ele não os veja. Tenho medo de mostrar meus olhos. É um sentimento novo. Este medo de mostrar os olhos não é pudor, nem timidez não, é medo da humilhação, do opróbrio e de algo ainda mais terrível: daquilo o que se vê neles agora. Sinto o palito na narina e puxo o ar. Depois mais uma vez.

Quero dizer obrigado, mas a voz ficou entalada. — *Agradeço* — digo eu finalmente, mas antes de pronunciar esta palavra, tusso fortemente, com essa tosse tiro a voz. Mas o que ouço não é minha voz. É algo surdo, difícil e feliz, por entre os dentes.

Mick ainda está perto de mim. — *Precisa de alguma coisa?* — pergunta ele. Aceno com a cabeça, sinto que meus movimentos já são mais fáceis, mais desembaraçados. Aquela irritação surda sumiu, e eu sinto um novo adejar da alegria.

Mick toma-me pelo braço, eu levanto, ando. No começo, é um pouco difícil. As pernas estão com medo de escorregar, de tombar, como uma pessoa tesa de frio pisando no gelo. No corredor comecei a sentir calafrio.

No caminho para o banheiro, percebo um forte cheiro de repolho e de alguma outra coisa comestível. Ao lembrar-me da comida sinto asco, mas um asco diferente. Tenho aversão à comida, e não por estar satisfeito, mas por causa de um abalo emocional. Minha garganta parece-me tão apertada e tão delicada, que mesmo um pedacinho bem pequeno ia parar nela ou rasgá-la.

Sobre o piano Mick tem um copo d'água. *Tome* — diz ele, também por entre os dentes e também escondendo os olhos — *vai se sentir melhor ainda.* Faço força, quero ser rápido, mas meu braço, muito vagaroso e flutuante, estende-se para o copo com medo. A língua e o céu da boca estão tão ressequidos e duros que a água não os molha, apenas refresca. No momento de engolir sinto aversão à água também, tomo-a como remédio. — *A melhor coisa é café puro* — diz Mick — *mas não tem. Fume, também é bom.* — Eu acendo um cigarro.

Cada vez que levo o cigarro à boca, apanho meus lábios num constante movimento de sucção. Com esse movimento de sucção elimina-se o insuportável excesso de meu prazer.

M. Aguêiev
153

Sei que, se for preciso, eu poderia me conter, mas seria tão antinatural como manter os braços em posição de sentido durante uma corrida rápida.

Não sei se é por causa da água, do cigarro ou das novas pitadas da cocaína que está acabando, mas sinto que meu corpo está congelado, cambaleante, receoso de derrubar e deixar tombar alguma coisa ou o meu corpo, que minhas pernas frias andam procurando o chão como no gelo e que todo esse meu estado estranho, parecendo doença é apenas um frágil invólucro, no qual foi despejado o júbilo em arrebatamento silencioso.

Dirijo-me à mesa. Enquanto dou um passo, enquanto dobro o joelho e, com muito medo ponho o pé no chão, meu movimento é tão angustiante e lento que parece não acabar nunca. Mas dado o passo, todo esse movimento realizado parece-me, na memória, ter sido instantâneo e ilusório, como se nem ele, nem meus esforços nunca tivessem existido. E eu já sei que toda a noite passa nessa tormentosa lentidão dos atos, nesse transparente desaparecimento daquilo que foi feito, nessa grande dualidade.

Vagaroso e interminável parece-me o processo de me vestir, a tremedeira ao pôr os braços nas mangas do casaco, depois que eu, com uma voz entrecortada de êxtase, propusera a Mick ir a minha casa pegar algum objeto de valor e trocá-lo por novos pacotinhos. Eis que os casacos já estão postos, nós estamos no corredor e todos aqueles duros esforços para nos vestirmos desvanecem-se como se nunca tivessem acontecido. Lento, torturante e interminável parece o funesto descer pela escada, como se ela estivesse coberta de gelo liso, na qual minhas pernas mal se seguram para não escorregar e, ao mesmo tempo, se apressam convulsivamente, como se um cachorro atrás ameaçasse mordê-las. Mas agora já estamos embaixo e parece que não houve nem aqueles esforços, penosos e trepidantes, nem aquela escada, que saímos do quarto direto para a rua. Lenta e infinita parece a viagem pela cidade vazia, rangendo de frio, a tremedeira nas costas geladas, os farrapos de vapor e a corrente dourada das lanternas que serpenteia nos olhos úmidos de lágrimas e pula para trás, quando eu pisco. Mas já estamos no meu portão e é como se nada disso tivesse acontecido, como se eu entrasse direto pelo portão ao sair do quarto de Khirgue. Lenta e infinita parece-me essa tremedeira no frio em frente à porta, reverberando o brilho verde da lua até que aparecem atrás dela a luz amarela e o sonolento Matvei coçando-se, o subir pela escada, o abrir da fechadura da porta, o penetrar furtivamente pela escuridão da ante-sala e da sala de jantar ao quarto silencioso da minha mãe, o doce tremor de amor pela mãe, tanto amor, tanto amor como eu nunca imaginei nem senti antes, e nessa felicidade, nessa adoração eu penetro no seu quarto apenas para fazer à mamãe algo bondoso, salutar. Interminável parece essa aproximação cautelosa do armário com espelho na porta que eu, em lugar de devagar, puxo bruscamente, de vez, para que ela não ranja, e no espelho entra voando a cabeça adormecida da minha mãe com a lâmpada em cima dela e fica balançando depois. Tudo parece eterno, penoso, interminável e no final fantasmagórico e quase não existente: o procurar entre as roupas que cheiram a caramelo barato, o achar do broche, a volta pela mesma escada que continua coberta de gelo escorregadio e o ameaçar do cachorro, o passar por Matvei que como que de propósito tenta encontrar meus terríveis olhos, e esse estranhamente difícil caminhar pelo pátio coberto de neve (somente perto do trenó percebo que continuo andando nas pontas dos pés ainda), o subir no trenó, tremendo de medo de que ele arranque e eu caia entre os bancos, e o retorno para o aquecido silêncio do quarto.

Na nuca tenho uma sensação de aperto de uma couraça. Os olhos piscam, tensos como num apressado caminhar no escuro, quando aflige o receio de se espetar em algo pontudo. Não ajudam nem o piscar freqüente dos olhos, nem a nítida visão dos objetos. Fecho os olhos e a tensão passa para as pálpebras. Elas doem como se esperassem receber uma pancada.

Estou perto da mesa. Quanto mais tempo eu fico em pé, mais me petrifico, e torna-se mais difícil arrancar-me do lugar. Nessa noite de cocaína, todo meu corpo ora fica imóvel, petrificado, ora se precipita em movimentos bruscos e então é difícil de eu parar. Quando Mick e eu estávamos na rua, o duro foi dar os primeiros passos apenas, depois tudo em mim começou a se mexer, as pernas andaram como se estivessem eletrificadas e loucamente crescia dentro de mim uma irritação surda cada vez que uma pessoa surgia na minha frente: dava medo contorná-la – ou derrubo o passante ou caio eu mesmo esbarrando no prédio, mas diminuir o passo não dependia de mim.

Eis o Mick entrando no quarto. Nas suas mãos, novos pacotinhos de cocaína, ele fecha a porta com movimentos estranhos, como se a porta pudesse cair em cima dele. A lâmpada de cima está apagada. A escuridão do quarto é quase total. À trêmula luz de vela, Nelli e Zanders estão enfiados entre o reposteiro e o armário. Suas cabeças esticam os pescoços. O pescoço de Nelli é torto, sua cabeça puxa para um lado e parece que exatamente desse lado, avançam contra

156   *Romance com Cocaína*

nós uns sussurros ameaçadores desse apartamento noturno. Os olhos loucos, dementes, estão parados. Todos no quarto estão parados, todos mexem apenas os lábios. — *Tstststs* — assobia Nelli rápida e ininterruptamente. — *Alguém vem vindo* — sussurra Zanders — *alguém vem vindo para cá* — grita ele sussurrando e sua cabeça treme sem parar. Eu já estou contagiado. Eu também já tenho medo. Eu também já não posso imaginar coisa mais terrível que alguém ruidoso, animado, diurno entrar justamente nesse recinto escuro e silencioso e ver nossos olhos e todos nós nesse estado. E eu sinto: basta agora soar um tiro, um grito estridente ou um latido louco, para que se rompa o delicado fio no qual se segura a minha mente em tempestade muda. Agora, nesse silêncio noturno, meu maior medo é por esse fio.

Estou sentado na poltrona. Minha cabeça está tão tensa que parece estar balançado. Meu corpo está frio, enregelado, como se estivesse separado da cabeça: para poder sentir a perna ou o braço, tenho que mexê-los. Em volta de mim há pessoas, muitas pessoas. Não é alucinação, vejo as pessoas não do lado de fora, mas dentro de mim. São estudantes, mulheres estudiosas e outros, mas todos muito estranhos — vesgos, caolhos, sem nariz, cabeludos, barbudos. — *Ah, professor* — grita com entusiasmo uma das estudantes (o professor sou eu) — *ah, professor, por favor, fale sobre o esporte hoje.* Ela só tem um olho e de longe estende as mãos para mim. Os vesgos, caolhos, desnarigados, cabeludos, barbudos, todos aqueles que não poderiam, teriam vergonha de tirar sua roupa, berram: — *Sim, professor, sobre o esporte, sobre o esporte, dê-nos a definição do que é esporte.* Eu sorrio com desprezo e os vesgos, caolhos, sem nariz, cabeludos, barbudos calam-se todos de vez.

M. Aguêiev

— *O esporte, senhores, é um gasto de energia em condições obrigatórias de competição mútua e de total improdutividade*. Os sem braço, os vesgos e zarolhos berram loucamente — *continue, diga mais, mais, continue*. Uma mulher erudita de um só olho, dando cotoveladas nas caras, acompanhando-as de *desculpe, colega*, abre caminho até minha cátedra. Eu levanto a mão. Silêncio. — *Para nós, senhores* — sussurro eu — *o que importa não é o esporte, não é sua essência, mas o grau de influência que ele exerce sobre a sociedade, e até sobre o Estado, se quiserem. Por isso, para assinalar o tema escolhido, permitam-me dizer algumas palavras, não a respeito do esporte, mas dos esportistas. Não pensem que eu tenho em vista apenas os profissionais, aqueles que cobram pelas apresentações e vivem disso. Não. O importante não é do quê, mas em nome do quê vive o homem. Por isso, quando falo de esportistas, tenho em vista todos eles em geral, independentemente daquilo que representa o esporte para eles, seja profissão ou vocação, seja meio de vida ou seu objetivo. Basta reparar na crescente popularidade de tais esportistas, para reconhecer que isso não é simplesmente um sucesso, mas uma verdadeira adoração desses homens que se estende para as camadas cada vez mais amplas da sociedade. Sobre essa gente escreve-se nos jornais, seus rostos são fotografados (o que o rosto tem a ver com isso?) e reproduzidos nas revistas, e parece que falta bem pouco para que essa gente torne-se orgulho nacional. Pode-se compreender o orgulho que a nação tem dos seus Beethoven, Voltaire, Tolstoi, (aliás, o que a nação tem com isso?); mas se orgulhar do fato de que as coxas de Ivan Tsibúlkin são mais fortes do que as de Hans Müller? Não lhes parece, senhores, que esse tipo de orgulho atesta não tanto a força e a saúde de Ivan Tsibúlkin, quanto a debilidade e o estado doentio da nação? Pois se Ivan Tsibúlkin tem sucesso fica claro que cada um que lhe bate palmas com tanta adoração, apenas com esses aplausos já expressa publicamente sua exaltada prontidão de trocar de lugar na*

158   *Romance com Cocaína*

vida com aquele que recebe as palmas. E quanto mais há gente aplaudindo, mais perto nós estamos da reviravolta na opinião pública, e por isso para toda a nação, que logo escolherá Ivan Tsibúlkin seu ídolo, querendo ser como ele, o único mérito reconhecido por todos é ter as coxas tremendamente fortes.

Inúmeras vezes eu sussurro essas palavras. E tenho vontade de reter essa noite, sinto-me tão bem, tão claro dentro de mim, estou apaixonado desmedidamente por esta vida, quero retardar tudo, saborear muito tempo essa adoração de cada segundo, mas as coisas não param e essa noite está indo embora irresistível e rapidamente.

Através das frestas do reposteiro vejo o amanhecer. Debaixo dos olhos e nas maçãs do rosto sinto um peso e um vazio. Tudo pára pesadamente em volta e dentro de mim. O nariz está aberto avidamente, vazio e triste, até a garganta. A respiração causa dor, arranha porque o ar é muito duro ou porque a parte interna do nariz tornou-se muito sensível. Tento afugentar essa angústia que cai em cima de mim e me oprime cada vez mais, tento fazer voltar meus pensamentos, meus êxtases e os dos meus ouvintes barbudos, mas na memória surge toda essa noite e eu começo a sentir tanta vergonha, tanta infâmia, que pela primeira vez perco a vontade de viver sinceramente, de verdade.

Na mesa onde estão espalhadas as cartas do baralho, procuro o pacotinho com a cocaína. Todas as cartas estão com o verso para cima. Abro-as com cuidado, deixo cair uma, começo espalhar e depois rasgo-as disparatadamente, sentindo um pavor cada vez maior dessa angústia por falta da cocaína. É claro que não tem cocaína. Foi levada por Mick e Zanders. Não há ninguém no quarto. Eu não me sento, eu caio em cima do sofá. Agachado, eu respiro de uma maneira horrível — levanto-me aspirando e abaixo-me expirando, como se esta coluna de ar cortante pudesse esfriar o fogo do desespero. E somente um astuto diabinho no longínquo e fundo esconderijo de minha consciência, aquele que continua mantendo a luz que não se apaga, mesmo durante o mais terrível furacão dos sentimentos, somente esse diabinho diz-me que é preciso conformar-se, é preciso não pensar na cocaína, porque pensando nela e especialmente na possibilidade de encontrá-la aqui no quarto, eu me irrito e me atormento mais ainda.

Numa terrível angústia, nunca sentida antes, eu fecho os olhos. Devagar e suavemente o quarto começa a se virar e um dos cantos começa a cair. Ele afunda-se, passa rastejando debaixo de mim, atrás de mim, aparece em cima de mim e cai de novo, desta vez precipitadamente. Abro os olhos e o quarto volta bruscamente para seu lugar conservando seu giro na minha cabeça. O pescoço não segura, a cabeça cai no peito e vira o quarto de pernas para o ar. — *O que eles fizeram, o que eles fizeram comigo?* — sussurro eu e depois de um silêncio apalermado, digo: — bom, estou perdido. Mas o astuto diabinho, aquele que envenena o sentimento mais feliz (se lhe der ouvidos) com uma dúvida e alivia o mais terrível desespero com uma esperança, esse diabinho esperto, descrente de tudo, já estava me dizendo: — essas suas palavras são apenas teatro, tudo isso é apenas teatro; você não está perdido coisa nenhuma, mas se não está se sentindo bem, vista-se e saia para o ar fresco, você não tem nada que ficar sentado aqui.

5

Na rua ainda havia crepúsculo matutino. O céu, cor de framboesa suja, estava baixo. Um bonde passou por mim. Em suas janelas cobertas de geada, as lâmpadas elétricas acesas dentro dos vagões formavam laranjas esmagadas. Atrás do bonde, a grade de proteção caída arrastava-se sulcando a neve e levantando um jato branco. Imaginei o ranger do frio no bonde, o cheiro azedo da lã molhada dos casacos e as pessoas apertadas nos bancos e em pé, soltando, umas contra as outras, vapores de seu podre hálito matinal. Na minha frente, caminhava um velho de bengala. Ele parava com freqüência, apoiava a barriga na bengala e escarrava, longa e roucamente. Seus olhos pregados na neve, quando parava e escarrava pareciam estar vendo lá algo horrível. Cada vez que ele cuspia o escarro verde, minha garganta fazia movimento de deglutição, e me parecia que eu estava engolindo aquilo que ele escarrava. Nunca pensei que um homem, ou pessoas em geral, pudessem provocar tanto nojo quanto senti naquela manhã.

Na esquina, o vento rasgava cartazes teatrais no poste. Quando chegava perto dele, uma menina atravessou a rua na frente dum caminhão que retumbava com suas correntes pelo asfalto. Na calçada, do outro lado da rua, a mãe deve ter gelado de pavor, mas quando a criança, sã e salva, alcançou-a, a mãe pegou-a pela mão e lhe bateu na hora. Apertando os olhos em frestas e abrindo a boca em quadrado, a menina berrava. Era evidente: a mãe vingava-se da criança por aquele susto que ela levara por sua causa. E se a mãe, a melhor coisa da qual as pessoas se vangloriam, é assim, imaginem o resto.

M. Aguêiev

161

Ficou mais claro na rua, e já era dia quando entrei no meu pátio. O atalho já estava polvilhado com areia bem amarela, e as galochas novas de alguém deixaram nela marcas de varíola. O jardinzinho dos senhores estava abandonado e sujo. De tanta neve que se jogava ali, deixou-o mais alto que o pátio e as árvores tornaram-se mais curtas. Nessa neve jaziam desordenadamente umas tábuas negras e dificilmente alguém poderia reconhecer nelas os bancos, afundados nos montões de neve.

Matvei estava limpando com giz a maçaneta de cobre da porta e sua mão desocupada fazia movimentos iguais aos da outra que trabalhava. Quando me aproximei dele, o telefone tocou e ele correu para a cabina. Subi a escada e abri a porta. Joguei meu boné na prateleira do espelho da parede, que fez balançar nele a mesa de jantar com o samovar não tirado desde ontem à noite. Procurando pisar sem barulho, atravessei o corredor e entrei no meu quarto.

No primeiro instante, estranhei que a lâmpada perto da janela ainda estivesse acesa. Até tentei lembrar como foi que me esqueci de apagá-la. Mas já da poltrona, apoiando-se com dificuldade nos braços dela, minha mãe levantava-se ao meu encontro. Fitando-me, ela se aproximou lentamente. Olhei em seus olhos e um tremendo silêncio rodeou-me. Os pingos d'água da torneira na cozinha estouravam como cordas de violão. — *Ladrão* — disse minha mãe —, quase sem mexer os lábios no seu rostinho amarelo. Ela pronunciou esta terrível palavra num sussurro muito nítido, nem fechou os olhos, quando eu, obedecendo não sei a que necessidade externa de ação, horripilando-me ao executá-la, levantei a mão e bati no seu rosto. — *Meu filho é ladrão* — tranqüila e amargamente, como

162   *Romance com Cocaína*

se falasse consigo mesma, sussurrou ela e sacudindo fortemente a cabeça grisalha, ficou parada um pouco, como que esperando que eu batesse mais uma vez, e devagar, os ombros dolorosamente abaixados, dirigiu-se à porta.

Debaixo do peitoril de pedra, dentro do calefator algo chiava, estalava, murmurava. E vinha de lá um calor sufocante. Na mesa, sem iluminar nada, ardia o filamento amarelo da lâmpada. Meu nariz estava inchado e não me deixava respirar. O prédio em frente à janela começou a se enrugar, sua chaminé separou-se dele e, umedecida, diluiu-se nos céus metálicos. Mas eu não pestanejei para tirar as lágrimas dos olhos.

6

Meia hora depois, eu chegava ao prédio onde morava Iago. Em frente ao portão estava um trenó carregado de malas. Do lado, vestido para viagem agitava-se Iago, junto de sua "espanhola". Ao me ver, tropeçando em seu longo casaco de pele, ele correu para mim e me abraçou. Contei-lhe em duas palavras que aconteceu uma coisa desagradável em casa, e que eu fiquei, pode-se dizer, sem teto. Iago com o ânimo de homem excitado pela pressa de viajar, sem me deixar terminar de falar, exclamou que *isso é formidável e até, muito oportuno, juro por Deus*, e sugeriu que eu mudasse imediatamente para o apartamento dele.

Apertando fortemente minha mão, arrastou-me para a casa, resmungou de passagem para a arrumadeira que estava saindo com um baú, que os três meses que ele estaria em Kazan, era eu quem iria morar ali e, correndo, arrastou-me pela escada, depois, através da sala até seu quarto, pôs a chave na fe-

M. Aguêiev

chadura e, com ar de zangado, enfiou na minha mão um maço de dinheiro, repetindo de *jeito nenhum, de jeito nenhum,* abraçou-me às pressas mais uma vez, desculpando-se pelo receio de perder o trem, acenou com a mão e saiu correndo.

Ficando só, abri a porta e entrei na minha nova moradia com uma sensação muito estranha. Tudo aconteceu rápido demais e, depois de uma noite sem dormir, sentia náuseas abomináveis. O quarto estava em desordem, tinha um triste ar de partida, de abandono.

Na mesa – pratos sujos, restos do jantar, pedaços de pão. Peguei um pedacinho, e logo que o senti na boca, engoli sem mastigar, sentindo, como nunca antes, um vazio no estômago e leves convulsões nos zigomas. Conhecendo pela primeira vez o que é a fome depois da cocaína, comecei a comer sofregamente, quase desmaiando, rasgando a carne sebenta com as mãos, sentindo o pescoço e a mão tremerem, eu enchia a boca, engolia, enchia de novo, com vontade de rugir e, ao mesmo tempo, ouvindo dentro de mim o riso nervoso dessa vontade. Logo depois fiquei sonolento e pesado, embora pudesse comer mais ainda, arrastei-me até o sofá, deitei-me e em seguida senti uns suaves puxões nas pernas. Sonhei que minha pobre e velha mãe, de casaco esfarrapado, andava pela cidade e seus olhos, medonhos e turvos, procuravam por mim.

PENSAMENTOS

1

Já na manhã seguinte, ao acordar descansado, fui a Khirgue, comprei um grama e meio de cocaína, e assim continuou diariamente. Involuntariamente, agora que acabo de escrever essas palavras, imagino com uma nitidez extraordinária o sorriso de desdém no rosto daquele em cujas mãos cairão essas minhas tristes memórias.

Realmente percebo que essas palavras, ou melhor, meus atos que deveriam caracterizar o poder da cocaína, para toda pessoa normal, vão caracterizar apenas minha própria fraqueza, o que é mais provável, e portanto, inevitavelmente, vão provocar uma frieza; uma frieza ofensiva, desdenhosa, que surge até no ouvinte mais sensível logo que ele começa a se dar conta de que as mesmas circunstâncias que arruinaram a vida do narrador não poderiam, de modo algum, estragar ou mudar a vida dele próprio, caso algo semelhante lhe ocorresse.

Estou dizendo tudo isso partindo da certeza de que eu também sentiria a mesma frieza desdenhosa, se comigo não tivesse acontecido essa primeira prova de cocaína e que, so-

168 *Romance com Cocaína*

mente agora, já a caminho de minha destruição, eu sei que tal desprezo surgiria dentro de mim devido não tanto por superestimar minha individualidade quanto *por subestimar a força da cocaína*. Pois bem, a força da cocaína. Mas em que, exatamente, em que se manifesta essa tal força?

2

Durante longas noites e longos dias no quarto de Iago, ocorreu-me a idéia de que *o importante para o homem não são os acontecimentos da vida que o cercam, mas apenas o reflexo desses acontecimentos em sua consciência*. Que os acontecimentos *mudem*, mas se essa mudança não *se refletir na consciência*, ela é nula, é *um nada* absoluto. Assim, por exemplo, o homem, refletindo dentro de si os acontecimentos de seu enriquecimento, continua se sentindo rico, se ainda não sabe que o banco que guarda seus capitais já foi à falência. Assim, por exemplo, refletindo dentro de si a vida de seu filho, o homem continua sendo pai, se a notícia de que o filho foi atropelado e morreu ainda não chegou até ele Deste modo, o homem vive não dos acontecimentos do mundo externo, mas apenas do *reflexo* deles em sua consciência.

Toda a vida do homem, seu trabalho, atos, vontade, força física e mental – tudo isso se gasta nos esforços sem conta e sem medida só para realizar no mundo externo algum acontecimento, e não é pelo próprio acontecimento como tal, mas *unicamente para sentir o reflexo dele em sua consciência*. E se acrescentarmos ainda que, nessas aspirações, ele tenta realizar apenas aqueles acontecimentos que, *sendo realizados em sua consciência, suscitariam nele a sensação de alegria e de felicidade,* desnuda-se então todo o mecanismo que move cada pessoa sem exceção, independentemente de como é a pessoa: seja estúpida e cruel, seja boa e generosa.

Em outras palavras, se uma pessoa aspira a derrubar o monarca e a outra, o governo revolucionário, se um quer enriquecer e o outro distribuir suas riquezas entre os pobres, todas essas aspirações opostas mostram apenas a diversidade dos gêneros das atividades humanas, que, na melhor das hipóteses, podem caracterizar cada indivíduo em separado, e mesmo assim, nem sempre. Já a causa dessas atividades, por mais que elas sejam diferentes, *é sempre a mesma*: a necessidade de realizar no mundo externo tais acontecimentos que, *refletidos na consciência, darão uma sensação de felicidade*.

Na minha curta vida também foi assim. O caminho para o acontecimento externo fora traçado: eu queria ser advogado famoso e rico. Parecia que faltava apenas entrar nesse caminho e ir andando, tanto mais que muitas coisas eram-me bastante favoráveis, como eu mesmo tentava me persuadir. Mas, coisa estranha: quanto mais eu progredia no objetivo desejado, mais freqüentemente acontecia que, deitando no sofá do meu quarto escuro, *logo* me imaginava ser tudo aquilo que eu queria ser, aprendendo pelo instinto de sonhador e preguiçoso que a realização desses acontecimentos não valia o trabalho e o tempo tão enormes. Não valia já pelo único fato de que *a sensação de felicidade seria tanto mais forte, quanto mais rápida e inesperadamente se realizassem os acontecimentos que a proporcionam*.

Mas tal era a força do hábito que, mesmo nos sonhos com a felicidade, eu pensava, em primeiro lugar, não sobre *a sensação* de felicidade, mas sobre *o acontecimento* que, caso ele se realizasse, suscitaria dentro de mim essa sensação e não conseguia separar esses dois elementos um do outro. Mesmo nos sonhos eu precisava, primeiro, imaginar algum *acontecimento* formidável na minha futura vida e, somente, o quadro desse acontecimento dava-me a possibilidade de agitar dentro de mim *a sensação de felicidade*.

O caso é que antes de conhecer a cocaína, eu pensava erroneamente que a felicidade era *um todo*, quando na realidade qualquer felicidade humana consiste na mais engenhosa união de *dois* elementos: primeiro, a sensação física de felicidade e, segundo, aquele acontecimento externo que seria o estímulo psíquico dessa sensação.

Somente quando experimentei a cocaína as coisas tornaram-se claras para mim. Tornou-se claro que *o acontecimento* externo, com o alcance do qual eu sonho, pela realização do qual trabalho, gasto toda minha vida e, no fim das contas, posso não alcançá-lo, este *acontecimento* é necessário para mim apenas na medida em que ele, refletido na minha consciência, suscitaria dentro de mim *a sensação* de felicidade. E se uma mísera pitada de cocaína, como me certifiquei, é tão poderosa que, num instante, proporciona a meu organismo essa sensação de felicidade tão intensa como nunca antes eu tinha experimentado, a necessidade de qualquer acontecimento deixa de existir, e, por conseguinte, o trabalho, os esforços, o tempo que se gastariam para realizá-lo perdem o sentido.

Pois essa capacidade da cocaína de excitar a sensação de felicidade fora de qualquer dependência psíquica daquilo que se passa em minha volta, mesmo quando o reflexo dos acontecimentos em minha consciência deveria provocar angústia, desespero e dor, justamente essa propriedade é a terrível força de atração da cocaína – opor-me à qual ou lutar contra a qual eu não somente não podia, mas não queria.

Lutar contra a cocaína ou opor-me a ela eu poderia em um único caso: se a sensação de felicidade fosse estimulada dentro de mim não tanto pela realização de um acontecimento, quanto por aquele trabalho, aqueles esforços que eu deveria envidar para consegui-lo. Nada disso fazia parte de minha vida.

3

M. Aguéiev

Não há dúvida de que tudo dito acima sobre a cocaína não deve ser entendido em absoluto como a opinião *geral* sobre ela, mas apenas como a opinião de uma pessoa que mal começou a cheirar esse veneno. Esta tal pessoa acredita realmente que a característica principal da cocaína é a capacidade de propiciar a sensação de felicidade: assim, um rato nunca apanhado pela ratoeira tem a certeza de que o principal nela é um pedaço de toucinho que ele tem vontade de comer.

O pior é que, ao efeito da cocaína que dura algumas horas, segue-se invariavelmente aquela penosa, inevitável e horrível *reação* (ou *depressão,* como os médicos a chamam), que tomava conta de mim logo que acabava o último papelote de cocaína. Essa reação era longa, pelo relógio durava umas três, às vezes quatro horas, e manifestava-se em uma angústia tão lúgubre e tão forte que, mesmo sabendo racionalmente que dentro de algumas horas ela ia apagar-se e desaparecer, os sentimentos não acreditavam nisso.

Sabe-se que quanto mais forte é o sentimento que se apodera da pessoa, mais fraca é sua capacidade de autocontrole. Enquanto eu estava sob o efeito da cocaína, os sentimentos provocados por ela eram tão intensos e poderosos que minha capacidade de controle sobre mim enfraquecia até o grau que pode ser observado apenas em alguns doentes mentais. De modo que os sentimentos que me dominavam enquanto eu estava sob o efeito da cocaína, não eram refreados por nada e exteriorizavam-se por completo até a franqueza ideal, manifestando-se em meus gestos, meu rosto e meus atos. Sob a ação da cocaína meu *eu* de sensibilidade adquiria dimensão tão vasta que o *eu* de autocontrole deixava de funcionar. Mas logo que acabava a cocaína, surgia o pavor. Esse pavor surgia

172 *Romance com Cocaína*

porque eu começava a me *ver*, me ver assim como eu era sob o efeito da cocaína. E aí chegavam horas terríveis. O corpo amolecia, ficava pesado nessa indizível angústia que surgia não se sabe de onde; as unhas enfiavam-se nas palmas das mãos num desespero raivoso, a memória como num vômito devolvia tudo, e eu olhava e não podia deixar de ver as imagens dessa desonra sinistra.

Vinha tudo à tona, nos mínimos detalhes; o meu estado de congelamento sob o efeito da cocaína durante a noite diante da porta daquele quarto silencioso, num medo idiótico, mas invencível, de que alguém pudesse chegar de um momento para o outro, entrar aqui e ver meus olhos medonhos. A sensação de que se passavam horas enquanto eu, pé ante pé, tentava chegar à escura janela noturna com as cortinas levantadas e que, através dela, alguém me olhava de uma maneira apavorante, bastava eu virar a cabeça, embora soubesse que a janela estava no segundo andar. O desligar da lâmpada, que com sua luz demasiado forte incomoda como o som e atrai as pessoas; e já me parece que alguém vem vindo sorrateiramente pelo corredor até minha fina e frágil porta. O ficar deitado no sofá, com o pescoço duro e a cabeça levantada, porque se ela tocasse o travesseiro, produziria um estrondo, alarmando o prédio inteiro, enquanto os olhos, doloridos e exaustos pela expectativa de dar com algo pontudo, perscrutam a vermelha escuridão em tremedeira. O riscar do fósforo que a mão dura de frio passa timidamente pela caixa, mas o fósforo não quer acender, e quando, finalmente, inflama-se com um chiado prolongado, o corpo pula bruscamente para trás e o fósforo cai no sofá. A necessidade de nova cheirada a cada dez minutos, a procura do papelzinho nessa escuridão inexplorada que deve estar em algum lugar no sofá; as mãos trêmulas e emagrecidas, durante a noite, raspam a cocaína com o lado de trás da pena de aço e quando ela, levantada no escuro com a mão trêmula, já está vibrando perto da narina, nada se inala, porque na pitada anterior a pena umedeceu, a cocaína grudou nela, endureceu e soltou uma ferrugem ácida. E depois – o amanhecer, a visibilidade cada vez maior dos objetos, os músculos que não se soltam, pelo contrário, os movimentos e o corpo estão mais contraídos ainda, o corpo todo sente saudades da escuridão que o escondia como um cobertor, o rosto e os olhos estão sujeitos agora a serem vistos à luz do dia. A vontade de urinar surgia inúmeras vezes, e, vencendo o medo e a imobilidade do corpo, eu fazia xixi no penico aqui mesmo, no quarto, apertando e arreganhando os dentes congelados, por causa do monstruoso barulho da urina para o prédio inteiro ouvir. O subir no sofá como numa montanha de gelo, no escuro, tremendo loucamente de frio e sentindo a fetidez pegajosa e insólita do suor. Às vezes, enfiando o joelho numa mola que estrepitava, eu ficava imóvel até a próxima vontade de urinar. Depois, de manhã, o lamber da pena enferrujada, a subida seca da pitada fresca de um novo pacote, uma leve vertigem, uma náusea de prazer e o pavor do primeiro ruído alheio, do pessoal do prédio acordando. E, finalmente, o bater na porta, espaçado, insistente, e a minha tosse, indispensável para tirar a voz entalada, sacudindo o corpo suado afundado no sofá, e em seguida a voz saindo por entre os dentes, fremente de felicidade, apesar do pavor: *Quem é? O que deseja? Quem é?* – e de novo a insistente e implacável batida sem resposta, e um repentino e instantâneo deslocamento dessa batida para o pátio onde estavam cortando lenha.

174   *Romance com Cocaína*

Cada vez que a cocaína acabava, surgiam essas visões, essas lembranças em quadrinhos de como eu estava, como eram esquisitos meu aspecto e meu comportamento, e, junto com as lembranças, crescia cada vez mais a certeza de que muito, muito em breve, se não for amanhã, dentro de um mês, e se não for dentro de um mês, dentro de um ano, eu ia acabar num manicômio. Cada vez eu aumentava a dose, às vezes até três gramas e meio, que estendiam o efeito do narcótico até aproximadamente vinte e sete horas, mas esse meu estado insaciável de um lado, e o desejo de adiar as terríveis horas da reação do outro, tornavam cada vez mais sinistras as lembranças surgidas *depois* da cocaína. O aumento da dose ou o abalo do organismo pelo veneno, ou as duas coisas juntas, eram a causa disso, mas a capa externa da minha felicidade de cocaína, tomava um aspecto cada vez mais apavorante. Umas estranhas manias tomavam conta de mim uma hora depois de eu começar a cheirar. Às vezes era mania de buscas: quando acabavam os fósforos, eu começava a procurar outra caixinha, tirando os móveis do lugar, esvaziando as gavetas, mas sabendo de antemão que não havia fósforos no quarto e, mesmo assim, continuava procurando com prazer durante horas a fio; outras vezes era mania de um medo lúgubre; o pavor aumentava pelo fato de eu mesmo não saber o que ou quem eu temia e então eu ficava sentado de cócoras perto da porta num pavor medonho durante horas e horas, dilacerado pela insuportável vontade de uma nova pitada do pó que ficou no sofá de um lado e, do outro, pelo terrível perigo de deixar a porta sem cuidados nem que fosse por um instante. De vez em quando, e ultimamente com mais freqüência, todas essas manias tomavam conta de mim ao mes-

M. Aguéiev 175

mo tempo. Então meus nervos chegavam ao limite da tensão. Certa vez (isso aconteceu a altas horas da noite, quando todos estavam dormindo e eu estava guardando a porta com a orelha na fresta), soou um forte estrondo no corredor e, *simultaneamente,* ouviu-se na escuridão do meu quarto um bramido prolongado. Somente passados alguns instantes, entendi que quem estava uivando era eu mesmo, tapando a boca com minha própria mão.

4

Uma terrível questão atormentava-me durante toda essa fase da cocaína. A questão era terrível porque a resposta para ela significaria um beco sem saída, ou uma saída para o caminho da pior das percepções do mundo. Essa percepção do mundo ultrajava aquilo que era luminoso, delicado e puro, aquilo que o pior dos canalhas num estado tranqüilo não ofenderia conscientemente: a alma humana.

A questão surgiu por causa de um nada, como acontece freqüentemente. Realmente, o que haveria de especial nisso? O que tem de extraordinário no fato de que sob o efeito da cocaína os sentimentos da pessoa são sublimes, *humanitários,* nobres (como cordialidade exaltada, generosidade fora do comum etc.), mas quando a ação dela termina, em seguida a pessoa é dominada por sentimentos *ferinos e baixos* (como exacerbação de ânimo, raiva, crueldade). Parece que não há nada de especial nessa mudança dos sentimentos, porém justamente essa mudança empurrava-me para esta pergunta fatal.

Pois bem, o fato de a cocaína despertar em mim os *melhores, os mais humanitários* dos sentimentos, *isto* eu podia explicar pela influência narcótica da cocaína. Mas como explicar o

176 — *Romance com Cocaína*

oposto? Como explicar o caráter *inelutável, com o qual* (*depois* da cocaína) saíam de dentro de mim sentimentos baixíssimos, ferozes? Como explicar seu surgimento, cuja constância e inevitabilidade levam a pensar que meus sentimentos mais *humanitários* estão ligados com os *ferinos* por um fio muito fino, e que aquela extrema tensão, quer dizer, o desgaste de uns atrai e puxa o aparecimento dos outros, à semelhança da ampulheta, na qual o esvaziamento de uma bola *predetermina* o enchimento da outra?

E aí surge a questão: será que *tal* mudança de sentimentos existe e que ela representa apenas uma propriedade específica da cocaína imposta por ela a meu organismo, ou essa tal reação é *uma propriedade do meu organismo* que apenas se manifesta de modo mais visível sob o efeito da cocaína?

A resposta positiva para a primeira parte da pergunta significava beco sem saída. A resposta positiva para segunda parte da pergunta abria a saída para um caminho muito largo. Porque é evidente que, atribuindo essa forte reação à *propriedade do meu organismo* (que a ação da cocaína apenas revelava bruscamente), eu era *obrigado* a reconhecer que, mesmo *sem* cocaína, em muitas outras situações, *a incitação dos sentimentos altamente humanitários de minha alma traria como reação os instintos ferinos.*

Em linguagem figurativa eu me perguntava: não seria a alma humana uma espécie de balanço que, ao receber um impulso para o lado do humanitarismo, por isso mesmo, já está *predisposto* a oscilar para o lado da ferocidade?

Eu procurava algum exemplo simples de vida que confirmasse tal hipótese, e parecia-me que o encontrara.

Eis aí o moço Ivanov, bondoso e sensível, num teatro. Escuridão em volta dele. Terceiro ato de uma peça sentimental.

M. Aguéiev

Os malfeitores estão quase a cantar vitória e por isso à beira da morte, certamente. Os heróis virtuosos estão para morrer quase todos e por isso, como é devido, às portas da felicidade. Tudo se aproxima de um final feliz e justo, tão almejado pela nobre alma de Ivanov, e seu coração bate fortemente.

Sob a influência da obra teatral, sob a influência do amor a esses belos e honestos espécimes humanos que sofrem com resignação, aqueles que Ivanov vê em cena e com a felicidade dos quais se preocupa, cresce a vibração cristalina de seus nobres sentimentos humanitários e cada vez torna-se mais tensa. Ele não se preocupa com os pequenos interesses do dia-a-dia, não sente nem cobiça nem raiva, nem poderia senti-las nesses momentos sublimes o bom moço Ivanov, como lhe parece. Ele está nesse silêncio completo da escura platéia, seu rosto está ardendo, com grande satisfação ele sente que sua alma se consome docemente num ardente desejo de sacrificar sua vida em nome de altos ideais humanos agora, nesse instante, aqui no teatro mesmo.

E de repente, nessa escuridão teatral, tensa e impregnada de emoções humanas, o vizinho de Ivanov começa a ter uma tosse de cachorro, forte. Ivanov está ao lado dele, o vizinho continua tossindo, o som escarrante entra com impertinência no ouvido e eis que Ivanov já está sentindo como dentro dele sobe, cresce, invade-o algo terrível, feroz e turvo. — *O diabo que o carregue com sua tosse* — com fel, num sussurro viperino, diz Ivanov sem poder se agüentar. Ele pronuncia essas palavras embriagado com a irresistível pressão de um ódio descomunal para ele e, embora continue olhando para a cena, mas por causa dessa raiva, desse encarniçamento contra o senhor que não pára de tossir, tudo dentro dele treme tanto,

178 *Romance com Cocaína*

que por alguns momentos ele não consegue entender nenhuma palavra. E apesar de ficar quieto, tentar entrar de novo em sintonia com a peça e recuperar seu estado de espírito, ele sente ainda nitidamente que um minuto antes havia nele, Ivanov, apenas um único e incontrolável desejo: aniquilar, espancar esse vizinho chato com sua tosse demorada.

E aí eu me pergunto: qual é a causa dessa tão instantânea transformação da boa alma do moço Ivanov em demoníaca e ferina? A resposta é uma só: a extrema excitação dela com os melhores, com os mais humanitários sentimentos. Mas talvez não seja isso, pergunto a mim mesmo, talvez a causa de seu enfurecimento seja *a tosse* do vizinho? Mas infelizmente não, a tosse não poderia ser a causa. Não pode ser, porque se este vizinho começasse a tossir, digamos, num bonde ou em outro lugar qualquer, onde o estado de espírito de Ivanov fosse um tanto diferente, o bom Ivanov não ficaria tão exacerbado, de jeito nenhum. De modo que a tosse neste caso é somente um motivo para descarregar aquele sentimento, ao qual o levava seu estado interno, seu estado de espírito.

Mas como seria esse estado interno, esse estado de espírito de Ivanov? Suponhamos que, falando-se de sentimentos elevados, humanitários, nós erramos. Por isso vamos deixá-los de lado e atribuir-lhe todos os outros sentimentos que um homem possa ter no teatro, verificando ao mesmo tempo a que ponto esses outros sentimentos seriam capazes de levar Ivanov a uma explosão de ódio tão ferino. É fácil fazer este teste, porque a lista desses sentimentos, excluindo os matizes, não é muito grande. Resta supor que, estando no teatro, Ivanov estivesse com raiva *de um modo geral,* ou sentisse tédio e indiferença.

Mas, se Ivanov estivesse irritado antes do seu vizinho começar a tossir, se Ivanov estivesse enfadado com os atores por sua má performance, ou com o autor por causa da peça imoral, ou, afinal, consigo mesmo por ter gasto seu último dinheiro para um espetáculo tão ruim, teria ele sentido esse acesso de ódio tão feroz, tão selvagem contra o vizinho que estava tossindo? É claro que não. No pior dos casos, ele sentiria um desgosto, talvez até resmungasse alguma coisa para o vizinho, como: *Ainda o senhor com essa tosse!* Mas tal aborrecimento está muito longe ainda da vontade de bater na pessoa, de acabar com ela ou de odiá-la. De modo que a hipótese de que Ivanov estivesse enraivecido antes da tosse e que foi esta sua raiva generalizada que o levou a explosão de ódio tão violenta nós temos de afastar como imprópria. Por isso vamos testar a outra suposição.

Vamos tentar supor que Ivanov estivesse entediado ou sentisse indiferença. Talvez sejam *estes* os sentimentos que o levaram à explosão de ódio selvagem. Mas isso não funciona mesmo. De fato, se Ivanov estivesse num estado de indiferença, de frieza, se Ivanov experimentasse apenas fastio, olhando para a cena, teria ele o desejo de bater no vizinho apenas porque este começou a tossir? Neste caso, ele não somente não teria tal desejo, como poderia até sentir pena deste homem doente e com tosse.

Para encerrar o caso Ivanov, resta-nos preencher uma lamentável lacuna, que cometemos na enumeração dos possíveis sentimentos de uma pessoa no teatro. É que não mencionamos o senso do *cômico*, que surge tão freqüentemente durante uma representação teatral, enquanto justamente este senso tem importância especial para nosso exemplo. Tem

180 *Romance com Cocaína*

importância para nós porque afasta totalmente a possibilidade de pensar que a raiva de Ivanov contra seu vizinho tinha *fundamento*: que a tosse, digamos, *impedia-lhe* de ouvir as réplicas dos atores. Mas as réplicas que provocam riso (caso ele estivesse predisposto ao humor) seriam menos interessantes e importantes para Ivanov? Não prestaria ele a mesma atenção às réplicas cômicas que às de um drama? No entanto, *neste* caso, nenhuma tosse, nem o assoar do nariz ou outros sons dos vizinhos, mesmo que estivessem atrapalhando, não incitariam nele o desejo de bater no vizinho.

De modo que por força das coisas, nós retornamos à primeira hipótese. Nós temos que reconhecer que apenas *uma comoção do espírito,* o que significa uma tensa vibração dos sentimentos mais sagrados e humanitários, causou em sua alma o surgimento dessa irritação baixa e sanguinária .

É claro que o caso do teatro descrito aqui não pode ainda convencer nem o mais crédulo dos leitores. Mas seria justo realmente falar da natureza humana em geral, dando um exemplo isolado de um tal de Ivanov com sua raiva do vizinho resfriado, tomar um exemplo exclusivo, quando no mesmo teatro estavam cerca de mil outras pessoas que, como Ivanov, viveram algumas horas de alta tensão em suas melhores forças espirituais (porque este espetáculo não provocava nem riso, nem alegria, nem admiração pela beleza, apenas uma comoção espiritual)? Porém, basta olhar para essas pessoas, para seus rostos durante os intervalos e depois do espetáculo e nós nos convenceremos facilmente de que elas não estão nem um pouco endiabradas, não têm raiva de ninguém e não querem bater em ninguém.

À primeira vista parece que essa circunstância abala todo o nosso prédio. Porque a hipótese que lançamos é de que

M. Aguéiev

uma forte comoção dos sentimentos mais sagrados e humanitários cria uma predisposição à fúria, à manifestação de instintos baixos. Eis diante de nós uma multidão de espectadores, pessoas que sob a influência de uma obra teatral viveram uma excitação de seus sentimentos humanos: nós vemos, nós observamos seus rostos nos momentos quando a luz se acende e, especialmente, quando eles saem do teatro e, no entanto, não notamos neles nem sombra, nem um sinal de raiva. Tal é a nossa impressão superficial e, mesmo assim, vamos tentar não nos satisfazer com ela, vamos tentar pensar mais a fundo. Vamos tentar colocar a questão de outra maneira e verificar: não se explica, por acaso, essa ausência do instinto ferino não porque ele não existe, mas porque neles esse instinto foi *saciado,* saciado da mesma maneira como seria com Ivanov caso ele batesse no seu vizinho e este não lhe opusesse resistência?

Pois é perfeitamente evidente que o espetáculo teatral comove e incita os lados mais belos e humanitários da alma apenas quando as personagens da peça representam pessoas cordiais, honestas, e que, apesar de passar por sofrimentos, são resignadas. (Pelo menos, *assim* compreendem a participação dessas personagens os espectadores cujas almas são mais espontâneas, impressionáveis, e por isso neles pode-se observar a verdadeira natureza do movimento espiritual com maior nitidez.) É evidente também que em cena, junto com as personagens angelicais e meigas, são representados tipos de malfeitores pérfidos. E surge a pergunta: este *sanguinário e cruel* castigo aos malfeitores que sempre chega no final dos espetáculos em nome do triunfo da virtude, não seria ele que *absorve* os instintos ferinos que surgem dentro de nós, e que

182

Romance com Cocaína

nós saímos do teatro pacatos e contentes não porque nenhum sentimento baixo surgiu em nossas almas, mas somente porque este sentimento recebeu sua satisfação. Realmente, quem de nós não confessaria com que *prazer grasnou* no final do quarto ato quando um herói virtuoso enfiou a faca no coração do malfeitor? – *Com licença* – pode-se dizer aqui–, isto é senso de justiça! Sim, exatamente ele: o divino senso de justiça que enaltece o homem. Mas até que ponto levou-nos à incitação desse sublime sentimento humanitário? Até o ponto de sentir prazer vendo um assassinato, até sentir uma raiva ferina? – Mas contra os malfeitores, – pode-se replicar aqui. – *Não importa* – responderemos –, o que importa é que *grasnar de prazer ao ver um derramamento de sangue humano é possível somente quando se sente sede de sangue, raiva, ódio* –, e se estes sentimentos tão baixos, tão asquerosos surgiram em nossa alma apenas porque fora comovido nosso sentimento humanitário – o amor ao herói sofrido e humilde; se essa nossa crueldade selvagem saiu de mansinho de nossos sentimentos nobres avivados pelo teatro, não demonstra isso, já com uma certa clareza, a confusa e terrível natureza de nossas almas?

Pois sim, basta fazer a tentativa de mostrar-nos peças teatrais, nas quais os malfeitores não apenas são impunes e não morrem, mas, pelo contrário, onde eles *triunfam;* basta começar a nos mostrar peças onde *triunfem os piores e morram os melhores,* e vocês poderão certificar-se, na prática, de que tais espetáculos vão acabar nos levando ao motim, à revolta, à rebelião. Talvez aqui você diga de novo que nos revoltaríamos em nome da justiça, que seríamos guiados pelos melhores sentimentos, os mais nobres, os mais humanitários. Bom, vocês têm razão, têm toda razão. Mas olhem para nós quando sairmos amotina-

M. Aguéiev

183

dos, olhem quando nos revoltarmos dominados pelos sentimentos mais humanitários de nossas almas, olhem atentamente para nossos rostos, para nossos lábios e, principalmente, para nossos olhos, e se não quiserem reconhecer que estariam vendo diante de si feras selvagens, enfurecidas, mesmo assim saiam rápido do nosso caminho, porque sua incapacidade de distinguir um homem de um animal pode custar-lhes a vida.

E já por si mesmo amadurece a questão: essas *tais* peças teatrais, peças nas quais *vence o vício e morre a virtude,* elas são verídicas, elas representam *a vida como ela é,* porque justamente na vida acontece de as pessoas más triunfarem e as boas perecerem; então, por que no dia-a-dia, vendo tudo isso nós estamos tranqüilos, continuamos vivendo e trabalhando, mas quando o mesmo quadro da vida que nos cerca é mostrado para nós no teatro, nós nos revoltamos, enfurecemos, tornamo-nos feras? Não parece estranho que o mesmo quadro passando diante dos olhos de um homem, num caso, deixa este homem tranqüilo e indiferente (na vida), no outro (no teatro), provoca indignação, revolta, fúria? Não prova isto visivelmente que *a causa do surgimento dentro de nós de uns ou de outros sentimentos com que reagimos a um acontecimento externo deve ser procurada não no caráter desse acontecimento, em absoluto, mas unicamente em nosso estado espiritual?* Esta pergunta é de importância substancial e deve ser respondida com toda seriedade.

O fato é que, pelo visto, *na vida real,* nós somos mesquinhos, eque nos preocupa em primeiro lugar é o nosso próprio bemestar, e é por isso que *na vida real* nós adulamos, ajudamos e até personificamos às vezes aqueles mesmos opressores e malfeitores cujos atos provocam tanta indignação no teatro. Em compensação, *no teatro,* esse interesse pessoal, essa baixa aspiração

184 · *Romance com Cocaína*

aos bens materiais, cai, desaparece de nossas almas no teatro, nada que seja pessoal oprime a nobreza e a honestidade de nossos sentimentos, por isso no teatro espiritualmente nós somos *melhores e mais puros,* por isso, enquanto estamos no teatro, nós, nossas simpatias, nossos ímpetos são guiados pelos sentimentos de nobreza, de justiça, de humanitarismo. E aí que vem à cabeça a terrível idéia. Vem à cabeça a idéia de que se na vida nós não nos indignamos, não ficamos revoltados, não nos transformamos definitivamente em feras e não matamos em nome da justiça pisoteada é porque somos baixos, corruptos, avarentos, somos maus em geral. E se na vida real, como no teatro, nós exaltássemos nossos sentimentos humanitários, se na vida real nós fôssemos melhores, neste caso, excitados até o fundo da alma pela vibração dos sentimentos de justiça e de amor aos fracos e ofendidos, nós iríamos cometer ou teríamos vontade de cometer (o que é a mesma coisa, já que se trata dos movimentos da alma) tantos delitos, derramamentos de sangue, torturas e assassinatos por vingança que nenhum malfeitor, mesmo o mais temível, jamais cometeu nem gostaria de cometer com o propósito de ganância e enriquecimento.

Involuntariamente surge dentro de nós o desejo de apelar para todos os futuros Profetas da humanidade, dizendo-lhes: Queridos e bons Profetas! Deixai-nos em paz, não inflamai em nossas almas sentimentos elevados e, em geral, não fazei nenhuma tentativa de nos tornar *melhores.* Pois estais vendo: enquanto somos *maus,* limitamo-nos a pequenas baixezas, e quando tornamo-nos *melhores,* saímos para matar.

Entendei, bons Profetas, que justamente os sentimentos humanitários de nossas almas *obrigam* a nos indignarmos, a nos revoltar e a nos enfurecer. Entendei, que se fôssemos privados

dos sentimentos humanitários, nunca estaríamos indignados e revoltados. Compreendei que não é a perfídia nem a astúcia ou a vileza da razão, mas somente o Humanitarismo, a Justiça, a Nobreza da Alma que *nos forçam* à indignação, à revolta, à raiva, à vingança cruel. Entendei que o mecanismo das almas humanas é o mecanismo do balanço, quando depois de um fortíssimo vôo para o lado da Nobreza do Espírito ocorre um fortíssimo recuo para o lado da Fúria do Animal.

Essa tendência de elevar a balança espiritual para o lado humanitário e a decorrente e inevitável volta para a Bestialidade passa como uma admirável e ao mesmo tempo sangrenta linha através de toda a história da humanidade. Pode-se ver que justamente aquelas épocas temperamentais, que se destacam pelos vôos mais altos para o lado da Justiça e do Espírito que chegaram a ser realizados, parecem-nos as mais terríveis por causa da alternância desses vôos com atrocidades inusitadas e delitos satânicos.

O homem sofre e se cansa com essa oscilação de sua alma à semelhança de um urso de cabeça ensangüentada empurrando um tronco de árvore pendurado numa corda e recebendo uma pancada tanto mais violenta quanto mais forte ele o empurra.

O homem se consome nessa luta, qualquer que seja a solução que ele escolhe: continuar balançando o tronco para estourar definitivamente seu crânio depois de um empurrão mais enérgico, ou fazer parar o balanço espiritual e permanecer numa frieza racional, numa insensibilidade e, conseqüentemente, tornando-se desumano com essa perda total da cordialidade de sua figura. Tanto uma saída quanto a outra predetermina a finalização da Maldição que é para nós esta estranha, esta terrível propriedade de nossas almas.

186   *Romance com Cocaína*

Sempre que no prédio instaurava-se o silêncio, na escrivaninha ficava acesa a lâmpada verde e atrás da janela era a noite, surgiam dentro de mim esses pensamentos com persistente constância. Eles eram tão destrutivos para a minha vontade de viver quanto destrutivo para meu organismo era esse pó branco e amargo que em pacotinhos bem dobrados estava no sofá e que com excitação vibrava na minha cabeça.

5

Câmara dos boiardos [Altos dignitários na antiga Rússia Moscovita. (N. do T.)], cadeiras solenes por causa da altura exagerada dos encostos, abóbadas baixas e um ar lúgubre e opressivo nisso tudo.

Chegavam convidados, todos vestidos solenemente, sentavam-se à mesa, coberta de veludo vermelho, com uma travessa dourada com um cisne não depenado. Do meu lado sentou-se Sônia, e eu sabia que estávamos festejando nossa boda. Embora a mulher do meu lado não parecesse nem um pouco com Sônia, eu sabia que era ela. Quando todos já estavam à mesa, e eu tentava entender como iam cortar o cisne não depenado, na câmara entrou minha mãe. De vestido puído e sapatos gastos.

Sua cabecinha branca tremia, no rosto amarelado e emagrecido destacavam-se os olhos doentios, cansados de noites sem sono, correndo de um lado para o outro. Quando me viu de longe, seus olhos turvos tornaram-se felizes e medonhos, dei-lhe sinal de que não se aproximasse, que me era vergonhoso dar com ela ali e ela entendeu. Com um sorriso lastimável, pequena, ressequida, ela sentou-se à mesa. Nesse meio tempo o prato com cisne foi retirado, lacaios de librés

M. Aguéiev

vermelhas e de luvas brancas colocavam talheres e serviam comida. Quando um deles aproximou-se de minha mãe, ofereceu-lhe também, mas, ao reparar em seu vestido, quis se afastar. Porém ela já pegara da travessa o talher de servir e começou a colocar a comida no seu prato. O lacaio ficou com uma cara perplexa, que me fazia sofrer cada vez mais, e quando no prato dela já tinha um monte, ele ostensivamente afastou a travessa de minha mãe, deixando o talher na sua mão. Ela se virou para devolvê-lo ou para pegar mais comida e, vendo que a travessa fora retirada, começou a comer usando-o. De repente tudo nela embruteceu. Começou a engolir quantias enormes, rápido, com avidez. Os olhos corriam para lá e para cá de um modo sórdido. O queixo pontiagudo ia para cima e para baixo, as rugas na testa umedeceram. Ela deixou de ser como era sempre — tornou-se gulosa e um pouco nojenta. Absorvia a comida num deleite desagradável de ver, repetindo: — *ah, como tá gotoso, como tá gotoso.* Eis que eu vi minha mãe de uma nova maneira. Vi de repente que ela é um ser vivo, que ela é de carne. Percebi de repente que o amor por mim é apenas uma pequena parte de seus sentimentos, que, além desse amor, ela, como todo ser humano, tem intestino, artérias, sangue e órgãos sexuais, que ela não pode deixar de amar seu próprio corpo mais do que a mim. E aí eu senti tanta angústia, tanta solidão nessa vida que deu vontade de gemer. Entretanto minha mãe, ao comer tudo que tinha no prato, começou a se inquietar na cadeira. Nada foi dito, mas todo mundo logo entendeu que ela teve problemas com o intestino e precisava sair. O lacaio, sorrindo e mostrando com esse sorriso que o respeito por essa velha não é suficientemente grande para manter o ar sério, mas que sua própria

188   *Romance com Cocaína*

dignidade é grande demais para cair na gargalhada, convidou-a com um gesto de sua mão de luva branca para passar pela porta. Minha mãe levantou-se com dificuldade, apoiando-se na cadeira. Nesse meio tempo todos já repararam e começaram a rir. Riam os convidados, riam os lacaios, ria Sônia e, num torturante desprezo a mim mesmo, eu ria também. Minha mãe tinha de passar por essa mesa, por esses olhos e bocas que riam cruelmente e por mim, que também ria e com este riso que me isolava dela. E ela passou. Pequena, curvada, tremendo, ela passou. Passou também com sorriso, mas sorriso lastimável, de uma pessoa humilhada e como se estivesse pedindo perdão pela debilidade do seu corpo caduco. Depois que ela saiu baixou o silêncio. Os lacaios ainda estavam sorrindo, Sônia também, num desdém doloroso e não pela repercussão do acontecido, mas por pressentimento daquilo que estava para acontecer. De repente vejo na porta da sala os guardiões com fuzis de baionetas caladas e, no fundo, atrás deles, está minha mãe. Ela quer entrar, quer chegar até mim, mas eles não deixam. — *Meu menino, meu Vádia, meu filho* —, repete ela e tenta passar. Eu olho para lá, nossos olhares cruzam-se com amor, chamam um ao outro e minha mãe começa a avançar em minha direção. Mas já um guardião de fuzil dá um pulo e a baioneta com suavidade admirável entra na barriga da minha mãe.

— *Meu menino, meu Vádia, meu filho* — diz ela tranqüilamente, segurando-se à baioneta que a atravessa e sorri. E este sorriso diz tudo: que ela sabe da minha ordem de não deixá-la entrar, sabe que está morrendo, e que não está zangada comigo, porque ela me entende, entende que amar uma mãe como ela é impossível. Eu não agüento mais. Arranco-me

M. Aguéiev

com todas as minhas forças, sinto um puxão dentro de mim e acordo. Era noite escura. Eu estava vestido, deitado no sofá. Na mesa, debaixo da campânula verde, a lâmpada estava acesa. Sentei-me, pus os pés no chão e de repente senti um medo terrível. Um medo que só uma pessoa adulta, infeliz, pode sentir subitamente no meio da noite, quando percebe que, somente nesse instante, nesse silêncio, sem ninguém por perto, ele acordou não apenas de um sonho, mas de toda aquela vida que estava levando ultimamente. – *O que está acontecendo comigo nessa casa horrorosa? Para que eu estou morando aqui? Que pensamentos delirantes são esses que me ocorrem neste quarto?* Eu permaneci no sofá, tremendo de frio no quarto que não se aquecia nem era arrumado durante semanas, meus lábios sussurravam palavras que não precisavam de respostas, porque simultaneamente surgiam imagens dentro de mim, imagens vagas e tão terríveis, que dava arrepio de vê-las, e minha mão apertava a outra cada vez mais forte. Fiquei sentado assim durante muito tempo. Depois tirei a mão da outra, os dedos de tão apertados ficaram grudados, e comecei a pôr os sapatos. Isso foi difícil, as meias estavam podres, o chulé dos pés era terrível, os cadarços estavam rasgados, cheios de nós. Sentindo nojo de mim mesmo por falta de asseio, pelo corpo pegajoso, levantei-me, pus o casaco, o boné, as galochas, levantei a gola, e só quando cheguei à mesa para apagar a lâmpada, tive que sentar-me por causa de uma fraqueza súbita no coração que chegava a provocar náusea. Superando-a, estiquei o braço, desliguei a lâmpada, fiquei sentado um pouco no escuro, e quando levantei-me, a fraqueza e a náusea já haviam passado e com certa agilidade saí do quarto e desci para a ante-sala às apalpadelas. Sem acender a luz cheguei até

190   *Romance com Cocaína*

a porta do saguão, abri-a com cuidado e mal consegui segurá-la: o vento quase arrancou-a.

No espaço deserto, perto das lanternas amarelas turbilhonava neve seca levada das janelas, das cercas e dos telhados. Afogando-me com o vento, as costas tensas de frio, pus-me em marcha ousada e, já antes de chegar no fim da travessa, senti que todo meu corpo estava gelado. Na praça havia uma fogueira. O vento arrancava suas chamas como cabelo ruivo e prata rosada. O prédio em frente estava todo iluminado, e a sombra do poste subia até o telhado bem alto. Perto da fogueira um *tulup* [Casaco longo até o chão, feito de pele de carneiro com o couro para fora. (N. do T.)] estava pulando sem sair do lugar, ora abraçando a si mesmo ora soltando. Eu caminhava rapidamente acelerando o passo. Debaixo de minhas galochas, como debaixo do trem andando, a neve corria como leite de um balde. Na longa rua pela qual eu ia, o vento amainou.

O luar dividiu a rua em duas partes – uma preta como tinta de escrever e a outra em suave tom de esmeralda. Caminhando pelo lado escuro, era engraçado ver como a sombra da minha cabeça, passando da linha preta da demarcação, estava rolando pelo meio da calçada. A própria lua não podia ser vista, mas, levantando a cabeça, eu acompanhava sua corrida pelos fulgores verdes que ela acendia nos vidros das janelas dos últimos andares, um após o outro. Absorto, eu não reparava nas ruas pelas quais passava, virava as esquinas guiado pelo instinto e de repente percebi que estava me aproximando do portão da casa de minha mãe. Peguei na argola do portão, frouxa e sonora, abri a portinhola, deixando cair na neve preta um quadrilátero verde com a mancha de minha

M. Aguéiev   191

sombra no meio, e entrei no pátio. A lua já estava alta em algum lugar atrás de mim. O portão grande e cerrado deitou como um campo negro ao longo do estreito pátio. Somente lá onde terminava a cerca do pequeno jardim tudo era inundado pela vitrificada luz verde. Na faixa desta luz senti mais frio. Subi os degraus da entrada e parei. A maçaneta de cobre na porta pesada brilhava deslumbrante. A faceta do vidro esmerilhado deixava uma fina faixa de luz nos degraus. Fiquei parado um instante e quando minha mão forçou a maçaneta, essa faixa tremeu apenas.

Achei inconveniente acordar Matvei. Por isso desci, e virei para o túnel escuro e úmido que levava por baixo do prédio até a área do lixo onde ficava a entrada de serviço para os apartamentos. Na área estavam espalhadas lascas e cascas de bétula. Ali, o zelador sempre cortava a lenha estalando seu machado com gosto, empilhava-a em cima da caixa de lixo, amarrava-a com a corda previamente colocada embaixo, jogava a pesada carga nas costas e, arrastando os pés, subia para as cozinhas. A corda machucava o ombro e os dedos enrolados nela ficavam túmidos de sangue de um lado, do outro dessangravam até às juntas brancas. Agora era eu quem subia por esta escada escura, com cheiro de gatos, apoiando-me no estreito corrimão de ferro e lembrando dos tempos quando ainda não havia caixas de lixo. Veio à memória um dia de verão, quando ouviu-se no pátio um estrondo, muito parecido com o trovão teatral e como ali mesmo começaram a cortar as chapas de ferro jogadas das carretas. Depois, já à tarde, com um ranger estridente, juntavam-nas em caixas de lixo. E parecia-me que, no pátio ao lado, faziam a mesma coisa — tão agudas eram as batidas que ressoavam da parede

192   *Romance com Cocaína*

vizinha. Quando aconteceu isso? Quantos anos eu tinha naquela época? Na escuridão total da escada fedorenta, eu não contava os patamares e, passando por um deles, continuei subindo. De repente senti nas panturrilhas aquele cansaço estranho, como que não deixando prosseguir e que logo me disse que a porta do nosso apartamento estava no patamar que acabara de passar. Ao descer, lembrando com certa dificuldade de que lado ficava a porta, eu ia bater nela e já preparei a cara para o encontro com a criada, quando notei que a porta não estava fechada, mas entreaberta. — *Talvez esteja na corrente?* — pensei, mas bastou encostar a mão e ela se abriu facilmente e sem ranger. Era nossa cozinha. Embora estivesse muito escuro, eu sabia com certeza que o apartamento era nosso pelo tique-taaque especial do relógio de cozinha, parecido com o andar de um homem manco por uma escada: duas vezes rápido, ponto, e de novo — um, dois.

Era estranho tudo que aconteceu depois nesse apartamento noturno que parecia abandonado, e eu percebi com nitidez que essa estranheza tinha começado, ou talvez aumentado, justamente naquele instante quando entrei no corredor. Assim, quando parei na frente da porta do quarto que outrora fora meu, eu não me lembrava, não sabia se tinha trancado a porta da cozinha nem se havia chave na fechadura. Ao passar a sala de jantar, não conseguia lembrar até que lugar eu andei tranqüilo e a partir do qual comecei a andar sorrateiramente. Agora, estando de novo na sala de jantar, prendendo a respiração, eu ainda lembrava que a porta do meu quarto estava trancada, mas não sabia porque estava me sentindo tão preocupado e com tanto medo de que alguém pudesse surpreender-me lá — isso estava acima da minha capacidade de compreensão.

Havia silêncio total na sala de jantar. O relógio estava parado. No escuro eu via vagamente que a mesa não tinha toalha e que a porta do quarto de minha mãe estava aberta. E desta porta aberta avançava contra mim o medo. Em pé, imóvel por muito tempo, sem mudar a posição das pernas, sentia que eu ou algo dentro de mim oscilava lentamente. Eu já estava decidido a ir embora e voltar pela manhã, já estava pronto a sair para o corredor, com receio daquele susto que essa minha visita noturna e inesperada causaria a minha mãe, quando ouvi nitidamente um rumor saindo do dormitório e, em seguida, como se alguém me puxasse por uma corda, chamei com voz entrecortada: – *Mamãe!* Mas o rumor não se repetiu. Ninguém me respondeu. Ainda lembro que logo que a chamei, meu rosto esboçou um sorriso, não sei para quê.

Embora nada de especial tivesse acontecido nesse minuto, achei que depois que já dera sinal de vida, não devia de jeito nenhum ir-me embora e voltar de manhã. Procurando pisar o mais silencioso possível, avancei um pouco, apaguei um pontinho brilhante no samovar, contornei a mesa e segurando-me nos encostos das cadeiras em volta dela, penetrei no dormitório. As cortinas estavam abertas. Devagar, sorrateiramente cheguei até o centro do quarto. Diante dos meus olhos a escuridão era tão apavorante que instintivamente virei a cabeça para a janela. O luar batia nela, mas não iluminava nada dentro. Nem o parapeito, nem as dobras das cortinas. O encosto da poltrona, na qual minha mãe costumava bordar, parecia um toco preto contra o vidro da janela. Quando tirei os olhos da janela, a escuridão tornou-se mais densa. Agora eu sabia que estava a dois passos da cama. Eu ouvia meu coração bater, e já parecia-me estar sentindo o tépido cheiro do corpo dormindo perto de mim. Continuei em pé com a respiração presa. Várias vezes abri a boca para dizer *mamãe*, embora não houvesse necessidade nenhuma de abrir a boca para pronunciar *mamãe*. Finalmente tomei coragem e chamei: — *Mamãe? Mamãe?* Minha chamada soou um tanto ofegante e alarmada desta vez. Ninguém respondeu. Mas, como se os sons que emiti tivessem me dado este direito, aproximei-me da cama e resolvi sentar no seu canto. Abaixando-me, apoiei-me na cama com as mãos antes de sentar para que as molas não fizessem barulho. Em seguida senti debaixo dos dedos aquela colcha de crochê que cobria a cama somente de dia. A cama não fora desfeita, estava vazia. Logo sumiu o cheiro do corpo dormindo por perto. Mesmo assim eu sentei, virei o olhar para o armário e, somente então, vi finalmente minha mãe. Sua cabeça estava em cima, bem na altura do armário, onde terminava a última vinheta. Mas para quê ela subiu lá e sobre o quê está apoiada? No mesmo instante que surgiu essa pergunta na minha cabeça, senti nas pernas e na bexiga uma abominável fraqueza do susto. Minha mãe não estava em pé. Ela estava pendurada — e olhava diretamente para mim sua cara cinzenta de enforcada. *Aaah!* — gritei eu e saí correnndo do quarto, como se alguém me pegasse pelos calcanhares — *aaah* —, berrava eu voando pela sala de jantar e ao mesmo tempo percebendo que estou sentado, que estou levantando devagar minha cabeça entorpecida e acordando com dificuldade. Atrás da janela já despontava o tardio amanhecer invernal. Eu estava à mesa de casaco e de galochas, meu boné repousava num prato gorduroso, e minha garganta estava apertada por um nó de lágrimas amargas e não derramadas.

6

Uma hora depois eu já subia a escada e, logo que vi a porta tão conhecida e querida, senti uma palpitação de felicidade. Cheguei perto de mansinho para não incomodar muito, dei um breve aperto no botão da campainha. Da rua ouviu-se um barulho – passou um caminhão com estrondo fazendo os vidros tremer; no andar de baixo tocou o telefone, estridente, como costuma ser de manhã cedo. A porta não se abria. Então resolvi tocar a campainha mais uma vez e fiquei à escuta. No apartamento reinava silêncio, nada se mexia, como se ninguém morasse lá. – *Meu Deus* – pensei –, *será que aconteceu alguma coisa aqui? Alguma coisa errada? O que será de mim agora?* E de novo apertei o botão da campainha, apertei com desespero, com toda minha força, continuei apertando, pressionando, tocando enquanto não percebi o arrastar de pés no corredor. Os passos aproximavam-se da porta, encostaram nela, ouviu-se como as mãos mexeram no cadeado e, finalmente, a porta se abriu. Dei um suspiro de alívio. Meu receio era vão: na porta diante de mim estava o próprio Khirgue, são e salvo. – *Ah, é você* – disse ele com aversão indolente – *pensei que fosse gente. Bom, entre.* E eu entrei.

....

Aqui terminam, ou melhor, foram interrompidas as recordações de Vadím Máslennikov, que num dia gelado de janeiro de 1919 foi trazido delirante para o nosso hospital. Depois de medicado, ao recobrar os sentidos e passar por um exame médico, Máslennikov confessou ser cocainômano, e que muitas vezes tentara lutar consigo mesmo, mas sempre sem êxito. É verdade que nessa luta ele conseguia se abster da cocaína durante um ou dois meses, às vezes até três

196 *Romance com Cocaína*

meses, mas invariavelmente depois disso ele reincidia. Segundo a confissão, seu vício em cocaína *agora* é muito mais doentio, sendo que ultimamente a cocaína já não causa nele a excitação de antigamente, mas somente uma irritação psíquica. Mais precisamente, se no começo a cocaína estimulava a nitidez e a acuidade do raciocínio, ultimamente ela causava confusão de pensamentos e uma inquietação que chegava a alucinações. De modo que, recorrendo à cocaína *agora* ele sempre espera despertar aquelas *primeiras* sensações que a cocaína lhe proporcionara, porém toda vez ele se convence com desespero, de que essas sensações não surgem mais com dosagem nenhuma. À pergunta do médico-chefe — *por que ele continua recorrendo à cocaína sabendo de antemão que esta provocará nele apenas uma tortura psíquica?* —, Máslennikov, com voz trêmula, tentou comparar seu estado mental com o de Gógol, quando este escrevia a segunda parte de suas *Almas Mortas*. Gógol sabia que as forças que tivera no início de sua obra de escritor esgotaram-se e, mesmo assim, voltava diariamente às tentativas de criar, certificando-se a cada vez que essa criatividade era-lhe inacessível; mesmo assim, perseguido pela consciência de que sem a criação perdia-se para ele o sentido da vida, em lugar de renunciar a essas tentativas, tornou-as mais freqüentes, apesar do sofrimento que lhe causavam. Assim ele, Máslennikov, continua recorrendo à cocaína, embora saiba que além de um terrível desespero, ela nada pode provocar nele.

O exame médico confirmou todos os sintomas de intoxicação crônica pela cocaína: desarranjo gastrointestinal, fraqueza, insônia crônica, apatia, inanição, a específica coloração amarela da pele e uma série de perturbações nervosas e

M. Aguéiev

197

aparentemente psíquicas que existiam, mas cuja determinação correta exigia uma observação prolongada.

Era claro que não fazia sentido deixar tal paciente em nosso hospital militar. O médico-chefe, homem de trato extremamente delicado, expôs-lhe em seguida esta consideração, aliás, sentindo muito não poder ajudá-lo, e acrescentou que ele, Máslennikov, precisava de um bom sanatório psiquiátrico e não do hospital, que, aliás, não é tão fácil conseguir se internar em nossa época socialista, porque agora o critério de admissão não é tanto o estado da pessoa doente quanto o benefício que essa pessoa traz, ou, no pior dos casos, poderia trazer para a revolução.

Máslennikov ouvia tudo soturno. Sua pálpebra inchada fechava o olho de uma maneira sinistra. À atenciosa pergunta do médico-chefe, se ele não teria parentes ou pessoas íntimas que pudessem prestar-lhe ajuda e proteção, ele respondeu que não. Depois de um silêncio, acrescentou que sua mãe tinha falecido, que sua antiga babá, que lhe ajudara abnegadamente todo esse tempo, agora também precisava de ajuda, que um colega seu, Stein, viajou para o exterior havia pouco tempo e que o endereço de outros dois colegas – Iegórov e Burkévitz – era-lhe desconhecido. Quando ele pronunciou o último nome, todos se entreolharam. – *O camarada Burkévitz?* – perguntou o médico-chefe – *mas ele é o nosso superior imediato*. Basta uma única palavra dele para salvar você!

Máslennikov fez muitas perguntas, provavelmente receando que fosse um mal-entendido ou uma coincidência de sobrenome. Ficou muito emocionado e parecia feliz quando certificou-se de que esse camarada Burkévitz era a mesma pessoa que ele conhecia. O médico-chefe explicou-lhe que a

198   *Romance com Cocaína*

instituição, dirigida pelo camarada Burkévitz, encontra-se na mesma rua do hospital, mas que teria de esperar até amanhã de manhã, porque a essa hora da noite dificilmente ele encontraria alguém lá. Mas, ao recusar o convite de pernoitar no hospital, Máslennikov foi embora.

Na manhã seguinte, por volta das onze e pouco, três contínuos da instituição, onde trabalhava o camarada Burkévitz, trouxeram Máslennikov nos braços. Porém, já era tarde para salvá-lo. Restou-nos constatar envenenamento por cocaína (premeditado, certamente, porque a cocaína fora diluída num copo d'água antes de ter sido ingerida) e a morte em conseqüência da parada respiratória.

No bolso interno do paletó de Máslennikov foram encontrados:

1) um saquinho de pano e, costuradas nele, dez moedas de prata de cinco copeques;

2) um manuscrito, na primeira página do qual em letras graúdas e terrivelmente desiguais estava rabiscado: *Burkévitz recusou.*

ESTE LIVRO FOI COMPOSTO EM GARAMOND NA MUSA EDITORA, E
IMPRESSO NA GRÁFICA ALAÚDE, EM MAIO DE 2003, SÃO PAULO, SP
BRASIL, COM FILMES FORNECIDOS PELA EDITORA.